ラルーナ文庫

アルファ野獣王子と宿命のオメガ

墨谷佐和

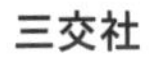

三交社

CONTENTS

Illustration

タカツキノボル

アルファ野獣王子と宿命のオメガ

本作品はフィクションです。
実際の人物・団体・事件などにはいっさい関係ありません。

プロローグ

「ねえ、きょうもねるときに、あのおはなししてね」

四歳のリオン・アウレールは、揺り椅子で編み物をしている祖母にねだった。

「またいつもの、森の野獣族と魔獣族の話かい？　リオンは本当にあの話が好きだねえ」

祖母が優しい口調で答えると、母のカタリナがちょっと眉間にシワを寄せた。

「リオン、おばあちゃんがお疲れになるからだめよ」

「ああ、私ならかまわないよ。可愛いリオンのお願いだからね」

「すみません、おばあちゃん。じゃあリオン、せっかくお話してもらうなら違うお話にしなさい」

「どうして？」

リオンは黒い瞳を見開いて、渋い表情の母にあどけなく訊ねた。

「ぼく、あのおはなしすきだもん」

「でも、野蛮な獣人たちの昔話なんて……」

カタリナはあからさまに嫌そうな顔をする。

「いいじゃないのカタリナ。リオンが聞きたがっているんだから。じゃあ、ベッドに行こうかね」

祖母はリオンのさらさらとした亜麻色の髪を撫で、杖をついて立ち上がる。リオンはカタリナにおやすみなさいのキスをして、わくわくしながら寝室へと入った。

簡素な、小さな家だ。台所兼食堂の他には、子どもたちと両親の寝室、祖母の寝室の三部屋しかない。

決して裕福とは言えないが、リオンはここ、クラフの村で家族とともに幸せに暮らしていた。

クラフの村は、かつて、野獣族が治めていた森の国と隣り合わせているが、森の国が滅んだ今も、そのずっと昔も、人がその森に立ち入ることはなかった。

人々は、気が遠くなるほどの昔から、身体に毛が生え、鋭い爪をもった野獣族を野蛮で忌まわしいと毛嫌いしている。森の国を滅ぼした、不気味なコウモリの姿をした魔獣族は言うまでもない。

リオンはベッドに潜り込んで、毛布からちょこんと顔を覗かせた。隣のベッドでは妹のジェインが眠っているので、祖母は囁くような声で昔語りを始めた。

「昔むかし、この世界の創世主さまは、人、野獣、魔獣族をお造りになった。そして、人の国は人間に、森の国は野獣族に治めさせた。だが、魔獣族は良き魔術を使わずに、悪(あ)しき魔術で世に混乱ばかり起こしていた。だから、創世主さまは、魔獣族に領地を与えなかった」

「どうして、まじゅうぞくはわるいまじゅつばかりつかったの？　もりのやじゅうさんとは、なかよしになれなかったの？」

「さあ、それはわからないねえ」

　リオンはいつも同じことを訊ね、祖母も同じことを答える。そして昔語りは水が流れるように淀(よど)みなく続く。

「野獣族には、犬や狼(おおかみ)、狐(きつね)などの獣人がいるが、獅子(しし)の王が皆を治めていた。彼らが住む森は、大きな木が何本もまっすぐにそびえ、青々として美しかった。彼らは森に住む動物たちを守って、穏やかに暮らしていたらしい。片や人は、野獣族や魔獣のことを嫌い抜いていた。自分たちと姿かたちが違うために、人の方が立派だと思っていたのさ。でも、森の野獣たちは人と仲良くしたがっていた。一緒に魔獣族に立ち向かいたいと思っていたのさ。一方で、魔獣族は人の国の土地が欲しかったから、何かと人の国にちょっかいをかけてくる。そして森の野獣たちに、ともに手を組んで人の国を滅ぼそうともちかけた」

「でも、もりのやじゅうさんはことわったんだよね」

寝る前だというのに、リオンは目をきらきらさせる。

「やじゅうさんたちはえらいなあ。だから、ひとのくには、まじゅうぞくにおそわれなかったんだよね」

「ああ……そうだね」

「それなのに、ひとはどうして、もりのやじゅうさんたちがきらいなのかな」

リオンの無邪気な疑問に曖昧(あいまい)に微笑(ほほえ)み、祖母は話を結ぶ。

「それでついに魔獣族は怒って森の国に戦いをしかけた。森の野獣たちも懸命に戦って、最後は結局、両方とも滅んでしまったのさ。しかも、魔獣族は死の間際に、野獣族が復活しないようにと、二重、三重にも呪(のろ)いをかけたらしい。それで野獣族は復活せず、あの森は荒れ果てたまま……この世には人の国だけが残ったのさ」

「ほんとうに、もりのやじゅうも、まじゅうも、だれものこっていないの？」

「残っていないと言われているね」

「じゃあ、のろいってなに？　ほんとうにだれにもとけないのかな？」

「さあね……リオン、これでお話はおしまいだよ」

祖母の手に髪を撫でられながら、リオンは目を閉じる。

（ほんとうに、だれものこって……いないのかな……やじゅうぞくの、のろいは、とけないのかな……）

眠りの国の入り口で、リオンはふわふわと思いを巡らせる。

（のこってたら……ひとのくにを、まもってくれて、ありがとうって……いいたいな）

どうしてこのおはなしがすきなのか、ぼくにはわからない。ほんとうに、なぜだかわからないけれど……。

そんなことをうつらうつらと考えながら、可愛い口元を結んでリオンはまどろむ。

祖母はそっと呟（つぶや）いた。

「早いものだ。もうすぐこの子も五歳になるんだね」

そして、彼女は窓の向こう、空の星に向かって祈りを捧げる。

この子の五歳の誕生日、どうか何事もありませんようにと――。

1

「リオン、今日は牛の乳搾りに行くが、一緒に来るか？」

「いく！　つれていって、おとうさん！」

父のケインに言われ、リオンは元気よく即答した。

「だって、ジェインちゃんはないてばっかりで、いっしょにあそべないんだもん」

「まだ赤ちゃんなんだから仕方ないでしょう？」

カタリナはちょっと厳しめな顔で、泣いているジェインをあやしながら答える。

リオンはえへへーと笑いながら、母の膝にまとわりつき、にこっと笑った。

「ごめんね、ジェインちゃん。もっとおっきくなったらおにいちゃんとあそぼうね」

そして、カタリナに向けて花が開いたような笑みをみせる。

「ねえおかあさん、こんどのぼくのおたんじょうびには、りんごとはちみつのパイをつくってね」

このリオンの笑顔には、誰も敵わないと近所でも評判だ。

時々、女の子に間違えられたりもする大きな黒い瞳は宝石を散りばめたように輝いていて、小さな顔の周りは、つやつや輝く亜麻色の髪がくるくると渦巻いている。通った鼻筋に、楽しそうに笑っている唇は苺のようにみずみずしい。リオンは隣の町までその噂が届くほどの器量よしだった。

だが、性格は好奇心旺盛で活発。およそおとなしいとは言えないが、頭の回転もよくて、健やかに育っている。ケインとカタリナの自慢の息子だった。

「はちみつのパイね……わかったわ」

カタリナは、リオンがわからないほどかすかに表情を強張らせた。祖母は揺り椅子に揺られながら、一瞬だけ目を伏せる。

「じゃあ、いってきまーす!」

一方、リオンはケインが御す荷馬車の後ろに乗って、大きな声を張り上げた。

「こら、危ないから座っていなさい」

「はーい」

父に言われて、乾し草にもたれ、リオンは足を投げ出して座る。こうして父の仕事についていくことが、リオンは大好きだった。ゴトゴトと荷馬車に揺られ、途中で出会った人たちに挨拶していると、森の入り口の前を通り過ぎた。

昨夜(ゆうべ)、祖母が語ってくれた野獣族の話を思い出し、リオンはあどけなく父に訊ねる。

「ねえねえ、おとうさん、もりには、もうほんとうに、やじゅうぞくはのこっていないとおもう?」

「残っていないだろうよ」

ケインは素っ気なく答えた。

「あれだけ、森が燃えちまったんだ。いくら野獣といっても……」

「ぼくは、だれかひとりくらいのこってるっておもうんだ……ねえ、ぼくがもっとおおきくなったら、もりのたんけんにいってもいい?」

「絶対にだめだ!」

ケインは声高に言い切った。リオンがその勢いに驚いていると、ケインは声を小さくし、今度は諭すように言った。

「あの森は、人が行くところじゃない。野獣や魔獣など、滅んでいいんだ。わかったな?」

リオンはそれ以上何も聞かなかったが、父親の乳搾りの様子を眺めている間も、ずっと考えていた。

(どうしてみんな、やじゅうさんたちのことをわるくいうのかな。そりゃ、まじゅうは、

わるいまほうをつかったかもしれないけど）
野獣は人の国を守ってくれたのに……小さな心に、リオンは理不尽な思いを抱える。
（ぼくはいつかきっと、もりにはいってやじゅうさんたちにあうんだ。きっと、いきのこってるとおもうから）
五歳の誕生日を間近に控えたある日。それは、リオンの心に灯った小さな決心だった。

＊

「アルマ、お茶を淹れてくれる？」

「はい、ただいま」

ユリアス・ホーンバルトは、窓辺にもたれて、城の庭園を眺めていた。

庭園には、泉が湧き、果樹が立ち並ぶ一角がある。そこから庭の中心部へと続く遊歩道沿いに、つるバラが蕾をつけはじめているのが見えた。

（よかった。今年もなんとか咲いてくれそうだ）

今こそ手入れも十分でないが、かつてここは母の自慢の庭だった。泉に小さなボートを浮かべ、光がキラキラと水に反射するのを見るのが好きだった。

ここには、ユリアスの幸せな記憶が多く残っている。そしてこの庭は、十年前の魔獣族との戦いで、唯一、被害の少なかった場所だった。

ユリアスは十五歳になったばかりだ。獅子のような見事な金髪に、獣を思わせる琥珀色の目をしていても、その表情は寂しげで憂いがあった。

（もうすぐ冬か）

季節がなんであれ、この庭の他は何も変わらない。城を囲む森は、荒れ果てたままだった。

以前の森は、春には新しい芽が芽吹き、夏には青々とした葉をつけた。秋には紅葉して落葉し、冬には、冬眠する動物たちを守るように、雪がふわりと降り積もった。

まだ、鮮やかにその風景を思い出せるのに。

魔獣族と相討ちになり、両親が亡くなり、一族のほぼ全てが滅んだあの戦いから十年。自分の周りにいるのは、生き残ったわずかばかりの者たちだ。彼らのために、彼らがいる限り、私は王子として、彼らとこの森を守っていく。だが、十五歳のユリアスにとって、それはとても大きな責任だった。

「アルマ、お茶美味しいよ。いつもありがとう」

　自分の好きなブレンドやフレーバーを、その時の心持ちを癒やすかのように淹れてくれる。豊かな黒髪に優しい黒い目をした侍女のアルマは、もともとユリアスの乳母だった。そして、今やただひとりの宰相となった、ベイリーの妻でもある。

「もったいないお言葉でございますわ」

　アルマは頭を下げ、そして、おずおずと口を開いた。

「あの、ユリアスさま」

「どうしたの？」

「夫が……ベイリーがまた無理を申し上げたのではないでしょうか、あの……」

「アルマが心配するようなことはないよ」

　ユリアスは、柔らかく微笑んだ。

「ベイリーは、この現状を早くなんとかしようと一生懸命なんだ。それは私だって同じだよ。だから、二人で議論を交わすことは当然さ」

　昨日、ユリアスとベイリーが言い争いになったことを、アルマは憂いているのだろう。彼女を心配させないように、ユリアスは明るく答える。だが実際のところは、ベイリーに一方的に責められ続けていたのだ。

早く森の復興を、早く一族の安心を。お父上たちの無念を！

そのためには一刻も早く、この『呪い』を解く鍵を……！　ひとつずつでもいい。三つの枷を外していくのです。

『今年は、人の国に三百年に一度生まれるオメガが、五歳になる年です』

――わかっている。わかっているけれど、どうすればいいというのだ。オメガを見出す術などない。

ユリアスの無言の葛藤に、ベイリーは髪と同じ赤茶色の顎ひげを捻りながら、淡々と答える。

『人の国から、五歳になった子どもを片端から攫ってくればいいのです』

『なんてことを……！　そんなことをできるわけがないだろう』

ベイリーの無茶な意見に、ユリアスは眉間を険しくした。しかし、ベイリーは引き下がらなかった。

『ユリアスさまはお若い。まだお考えが甘くていらっしゃる。彼らはもともと、我々を忌み嫌っているのですよ。だから、そんな優しさなど無用です。それくらいのことをしないと、我らの呪いは解けぬのですよ！』

ユリアスの父に仕えていた頃のベイリーは、子どもを攫ってくればいいなどと、そんな無慈悲なことを言う男ではなかった。全ては呪いのせいなのだ。呪いがベイリーを非情な男に変えてしまった。

父も母も一度に失った淋しさは、よく知っている。だからこそ、たった五歳の子どもを両親から引き離すなどできないと思う。

『オメガはアルファに惹きつけられるもの。そしてアルファもまた、オメガに惹きつけられる。あなたはアルファなのですよ、ユリアスさま。だから、あなたはオメガさえ見つかれば、孕ませることができるはずなのです』

孕ませる、という生々しい言葉に、ユリアスは眉をひそめる。

『そんな、オメガの子を道具のように扱うなど……！』

だが、ユリアスの苦悩を、ベイリーは一刀両断にした。

『そういうところが甘いと申し上げているのです。あなたは、気高き森の王家の最後のひとりなのですよ。オメガと番うことを運命だなどと夢を見るのは、いい加減にやめなければ』

アルファとオメガのつながりに、私たちの間に、心は邪魔なのか？

（私は、そして、オメガとはいったいなんなのだろう……）

残された一族を守り、『呪い』を解くという重責は、たったひとりで背負わねばならないものだ。そこに心はいらないという。ユリアスは孤独だった。

（誰か、私を癒やしてはくれないか……）

アルマの淹れてくれたお茶に心を温められながらも、ユリアスはそう思わずにはいられないのだった。

＊＊＊

リオンの五歳の誕生日の朝、もうすぐ冬を迎えようという季節にはめずらしく、空は高く晴れわたっていた。

ひとつ大きくなったことが嬉しくて、リオンはわくわくしながら着替えを済ませる。

こんな気持ちいい日に誕生日だなんて……！

何か、とてもいいことが起こるような気がする。窓の外では小鳥が囀っていて、リオンが五歳になったことを祝ってくれているようだった。

「おはよう、ことりさん！」

窓を開けて呼びかけると、小鳥たちは可愛らしく囀って答えてくれた。リオンは満足して窓を閉める。が、その時、衣服が擦れた背中に違和感を覚えた。

(あれ？　なんだかせなかがあついなあ)

背中が、どくんと脈打っているような感じがするのだ。だが、それ以上深く考えることなく、リオンは家族が待つ食堂兼居間に入った。父、母、祖母、母に抱かれた妹が、みんな笑顔で出迎えてくれる。

「五歳の誕生日、おめでとう、リオン」

父と母のキスを受け、リオンは嬉しさいっぱいの笑顔で答えた。

「ありがとう！」

祖母も、優しく抱きしめてくれる。ジェインは、わけがわからないながら皆の真似をして、「おめーと」と、舌っ足らずで言ってくれた。

「さあリオン、約束していたパイよ」

「ありがとう！　おかあさん」

林檎とはちみつのパイは、いつもは食べられない特別なものだ。誕生日の朝のために、カタリナが願い通りに作ってくれたパイを頬張り、リオンは幸せを満喫していた。

(まいにちがたんじょうびだったらいいのにな)

だが、ご機嫌のリオンに対して、両親や祖母の表情は少しずつ固くなっていく。

いつもと変わらないのはジェインだけだったが、リオンには大人たちの表情の変化を察することができなかった。

テーブルの上が片づけられ、きれいになる。いつもならここでケインは農作業に出かけ、カタリナは洗濯などを始めるのだが、今日は皆が席を立たなかった。祖母までが、揺り椅子に座らずにいる。

「どうしたの?」

リオンはここでやっと、大人たちの雰囲気がおかしいことに気がついた。

「みんな、おしごとしないの?」

「いや、いやよ。もしリオンが――」

突然、カタリナは泣きだした。その肩を、ケインがそっと抱く。

「大丈夫だ。オメガは三百年に一度しか生まれないんだ。そんな確率にうちのリオンが当てはまるはずがない」

「そうだよ、カタリナ。いずれやらなくちゃいけないことだ。午後には役人たちが事実を確かめにやってくる」

祖母は静かにカタリナを諭す。

みんな、なにをいってるの？　オメガってなに？

リオンは丸い目をさらに大きく見開いて、異様な緊張感に包まれた大人たちを見上げた。

ぐっと拳を握り、ケインがゆっくりと口を開く。

「リオン、お父さんたちに背中を見せておくれ」

「う、うん」

なんだそんなこと？

拍子抜けしながら、リオンは父がシャツの背をまくるのに任せた。白くて滑らかな、リオンの背中が顕わになる。

「これは……！」

続いたのは、ケインの引きつった声だった。カタリナは「ひっ！」と小さな悲鳴を上げて、再び泣きだす。祖母は深い、深いため息をついた。

「いや……！　嘘よ、嘘に決まってる……！　リオンがオメガだなんて、そんな……！」

カタリナは泣きじゃくりながらリオンを抱きしめた。

ケインは黙って佇んだまま——二人の代わりに、何が起こっているかを教えてくれたのは、祖母だった。

「よくお聞き、リオン。とっても大事なことだ」

泣きじゃくるカタリナの腕の中、リオンはうなずいた。異様な空気が、リオンを嫌でも不安にさせる。

「おまえの背中にね、オメガの紋様が浮き上がっているんだよ。オメガが五歳の誕生日を迎えたら、背中に現れるという紋様が……」

「オメガ？」

「……オメガは獣のように発情期をもち、男でも、女でもアルファの子を孕むことができる。だが、アルファは野獣族にしか現れない。だから、オメガは野獣族にとても近い……発情したオメガは人の心を色欲で惑わし、災いを招くと言われている。だから、人の国からは排除される決まりなんだよ」

「はい、じょ？」

祖母の説明は、難しくてリオンにはよくわからない。

アルファ？　しきよく？　まどわす？　他にもわからない言葉がたくさんあった。リオンは無垢（むく）な目で、訊ねるように祖母を見上げた。

「オメガは、人の国にはいてはいけないんだ。だから……」

言い切ろうとした祖母だったが、そこで声を詰まらせてしまった。そのあとを、ケインが哀しげに引き受ける。

「オメガは、森の奥深くに捨てられる決まりだ」

それは、ぼくがオメガだから、もりにすてられるっていうこと？

言葉は理解しても、やっぱりどういうことかわからずに、リオンはきょとんとしたままだった。

「嫌よっ！」

リオンは再びカタリナに抱きしめられる。

「この子はどこへもやらないわ！」

「だが、もうすぐ役人たちがリオンの背中を確かめにやってくる……」

ケインは絶望的な面持ちで妻に答えた。

リオンは知らなかったが、今年は三百年ぶりに生まれたオメガが五歳を迎える年だった。

オメガは人の世にいてはならない――そのために、役人たちが国中の五歳の誕生日を迎えた子どもを、ひとりずつ見回っているのだった。

「隠れるのよ、そうよ……うちにはそんな子はいないって言って、いたけど死んじゃったって言えばいいわ！」

カタリナはリオンの手を摑み、有無を言わせず部屋の真ん中へと引っ張っていく。そこには、物置にしている地下の穴蔵への入り口があった。

「いいわね、リオン、入り口を開けるまで、ここで静かにしているのよ。音を立てたらだめよ。少しの我慢だからね」

興奮気味のカタリナは、入り口を開けてリオンを押し込める。ケインも、祖母も、カタリナを止めようとはしなかった。

「いやだよ、ぼく、なんにもしてないよ、どうしてこんなとこにいなくちゃいけないの？」

「ごめんね、でもリオンのためなのよ」

「ぼくのため……？」

「そうよ、リオンのため……どうして、どうしてこの子がオメガなの！」

泣き崩れたカタリナによって木でできた蓋は閉められ、リオンはじめじめとした空間に取り残された。ほの暗い闇に目が慣れてくると、古い農作業の道具などが置かれているのが見えてきたが、リオンは、ここに入るのは初めてだった。

「たとえ役人の目をごまかせたとしても、これからどうするんだ？　リオンを一生、閉じ込めて育てていくつもりか？　リオンの背中の紋様は、消すことはできないんだぞ」

「じゃあ、あなたはリオンをこのまま渡してしまうというの？」

「そんなことは言ってない！　俺はただ……」

「私が悪いのよ……そうよ、私が、この子をオメガに産んでしまったばかりに……私が、産まなければよかったのよ！」

穴蔵の中に、両親が言い争う声、祖母のすすり泣きが聞こえてくる。

たのしかったはずのたんじょうびが、どうしてこんなことになってしまったの？

暗闇の中で、リオンは膝を抱えて座り込んだ。

（きょうは、すごくいいことがあるようなきがしたのに）

哀しくて、淋しくて、リオンは声を押し殺してすすり泣く。自分のせいで両親が言い争い、祖母が泣いている。そのことが哀しくてならなかった。

どれくらい時間が経ったのか。

泣き疲れて眠っていたリオンが目を覚ました時、穴蔵の中は、ここに入れられた時よりも、さらに暗くなっていた。

（ゆめ、じゃなかったんだ……）

リオンはがっくりと肩を落とす。楽しい誕生日が一転し、自分はひとりでここへ閉じ込められたのだ。

母や父が、意地悪でこんなことをするはずがない。だからこそ哀しかった。

いったいなにがおこったの？

リオンの目から、新しい涙がぽつんと落ちる。

上の部屋からは、特に変わった様子は伝わってこなかった。両親の争う声も、祖母のすすり泣きも聞こえない。一方、穴蔵の中はどんどん暗くなってくる。寒さもじわじわと忍び寄ってきた。

（おなかすいたな……）

寒さと空腹で、身体をぎゅっと縮こまらせた時だった。

「邪魔するぞ」

ギイッと扉が軋（きし）む音がして、聞き慣れない男の声が聞こえた。続いて、ケインだろうか、カタリナだろうか、ガタッと椅子から立ち上がる音がした。

「ここは、ケイン・アウレールの家だな？」

「は、はい」

不遜（ふそん）な男の声に、ケインが緊張した様子で応じている。

だれかきたのかな？　リオンは耳をそばだてた。荒々しい靴音が複数聞こえ、何人かが家に入ってきた気配がする。

「我々は、中央からオメガの捜索について派遣された者たちだ。早速だが、今日、五歳になったあんたたちの子ども、リオン・アウレールの背中を確かめさせてもらいたい」

（せなか？）

そうだ、おとうさんもおかあさんもおばあちゃんも、ぼくのせなかをみてから、ようすがへんになったんだ……。

「リオンは去年、死にました！」

カタリナが胸に手を組み、上ずった声で訴えた。

「風邪（かぜ）が元であっけなく……」

取ってつけたような答えに、中央から来た役人たちは不審そうに顔を見合わせた。

「子どもを埋葬したという届けは出ていないが？」

「だ……出すのを忘れていたんです。あまりにも哀しくて……ね、ねえ、ケイン！」

妻に同意を求められ、ケインはぎこちなく「あ、ああ」と答える。少し間をおいて、役人の冷たい声がした。

「言っていることが不自然極まりない。さては、子どもをどこかに隠しているのではあるまいな？」

「そんなことありません！」

叫ぶようなカタリナの答えは、さらに不自然だった。役人たちのまとめ役と思われる男は、口ひげを捻ってカタリナを睨んだ。

「オメガを匿うのは大罪であることは知っておろうな？　それでも子どもは死んだと言い張るのならば、家の中を探させてもらう」

オメガ？

彼らのやり取りの下で、リオンは目を見開いた。

父も母も祖母も、オメガという言葉に嘆き、哀しみ、動揺していた。

リオンの頭の中に、オメガをめぐる、大人たちの様々な反応がよみがえってくる。

嘘に決まっている、オメガは森に捨てられる、私がオメガに産んでしまったばかりに

……！

『産まなければよかったのよ！』

正直、祖母が言っていたことは幼いリオンには理解できなかった。だが、カタリナの叫び声で、リオンは自分がそうなのだと理解した。

（ぼくは……オメガ）

あっという間に皆を哀しみに突き落としたオメガという言葉。人の国にいてはいけない

のだと言われた。森へ捨てられるのだと。

　そして――。

「家中のどこにも、五歳くらいの子どもは見当たりません」

　部下らしき男が報告し、指示を出していた男が念を押した。

「本当に、どこにも隠していないだろうな？　あんたのドレスの下の床だけ窪みがあるが、それはなんだね？」

「なんでもありません！」

　穴蔵への入り口の床には、開ける時に指を引っかける窪みがある。カタリナは自身でその上に立っていたが、わずかなその窪みを、男は見逃さなかった。そして、カタリナの叫ぶような声は、いかにも不自然だった。

「そこをどけ」

　男は不遜に命令する。

「本当に、なんでもありませんから！」

「なんでもないならどけるはずだろう」

　リオンは、はらはらしながら、そのやり取りを聞いていた。

　しらない、こわいおじさんたちがやってきて、おかあさんをこわがらせている。どうしよう、どうしたらいいの？

「申し訳ありません。本当にここは——」

　ケインの声に被せて、男は脅すように詰め寄ってきた。

「もしオメガの子どもを床下にでも隠していたら、即刻、おまえたちを捕まえる。もう一度言う。オメガを匿うことは大罪だ。ムチ打ちなどでは済まぬぞ。これが最後だ。そこをどけ！」

　——おとうさんとおかあさんが、こわいおじさんにつかまっちゃう！

　リオンはそう思った刹那、声を上げていた。

「ここだよ！　ぼくはここにいるよ！　だから、おとうさんとおかあさんをつかまえないで！」

　古い梯子を登り、リオンは下から床をドンドンと叩いた。

「子どもを出せ」

「神様……！」

　男が命令する声、祖母の悲痛な祈りと、声にならない、ケインの呻きが被さる。

　見知らぬ男たちに腕を引っ張られながら穴蔵から出されたかと思うと、リオンはシャツをめくられた。

皆の視線が、突き刺さるようにリオンの背中に集まる。熱かった背中が、再びどくんと鳴った。

カタリナは泣き崩れ、そのまま気を失ってしまった。


家族と引き離され、リオンは知らない男たちとともに馬車に乗った。

「もりへいくの?」

リオンは隣に座っていた男に訊ねる。

「よく知ってるじゃないか」

「おとうさんが、そういってたから……オメガは、もりへすてられるんだって」

「そうだ。オメガは獣だから、森に捨てられるんだ。一応、言い聞かせてはいたんだな」

(もり……)

その言葉には答えず、リオンは男の顔を見上げた。

「ねえ、おじさん、もりに、いまでもやじゅうさんたちいるとおもう?」

「はあ?」

話しかけられた男は怪訝そうに眉根を寄せた。

「野獣族は魔獣どもと一緒に滅んじまっただろうが」

「でも、ひとりくらいのこってるかも」

「何言ってんだ。おかしなガキだな」

　すると、向かいに座っていた男が、ふん、と鼻を鳴らした。

「オメガだから野獣と仲良しになりたいんだろ。それよりおまえ、わかってんのか？　おまえは森へピクニックに行くんじゃねえ。捨てられに行くんだぞ」

　嫌味を言われたことが子ども心にもわかり、リオンはそれきり黙り込んだ。何か他のことを考えていないと、話していないと、家族と引き離された淋しさと不安で押し潰されそうだったのに。

（かえりたいよ……）

　リオンはこっそりと涙を拭った。淋しかったけれど、哀しかったけれど、彼らには泣いているところを見せたくなかった。

　やがて、馬車はうっそうとした森の入り口に止まった。リオンとケインが、いつも通りがかる場所ではない。それは、リオンの知らない場所だった。

　二人の男に連れられ、森の中に足を踏み入れる。真っ暗だと思った森の中は、何も見えないほどではなかった。月の光が差し込んでいたからだ。

だが、月の光が映し出した森は、木々が立ち枯れ、落ちた枝がそこら中にひからびて積み重なり、時が止まったようだった。

「行くぞ」

それきり、誰も何も話さなかった。リオンは男たちについていくしかなく、一生懸命に小さな足で歩いた。

どこまで行くんだろう……だが、リオンは男たちに訊ねることはできなかった。しばらく行くと、彼らは急に立ち止まった。

「じゃあな、オメガの小僧。恨むのなら、三百年にひとりのオメガに生まれた自分の運命を恨むんだな」

男たちは背を向けて行ってしまう。明るい月夜といえど、男たちの持つランタンの灯り(あかり)がなくなると、闇が急に押し寄せてきて、リオンは思わず彼らの背中を追いかけていた。

「まって！　おいていかないで！」

だが、願いは届かない。彼らの背中は夜の中へと消えていった。

2

気味の悪い静けさの中、突然、頭上でバサバサっと鳥が羽ばたく音がした。

「きゃっ！」

リオンは驚いて身を屈(かが)めた。その拍子に、木の根っこにつまずいて前のめりに転んでしまう。

「……もうやだよう……」

起き上がることができず、冷たい地面に顔を伏せてリオンは泣いた。

この森に置き去りにされてから、どれくらい経ったのだろう。

何をどうすればいいのかもわからないままに、本能がとにかく動けと命令していた。秋の終わりの夜に、立ち止まって眠ってしまったら凍え死んでしまう。だから、歩いて、歩いて、歩いて……。

月夜がありがたかったのは最初だけだった。月の光が、立ち枯れの木々をこうこうと照らし、それが幼いリオンの目には、化け物のように見えた。

「おとうさん、おかあさん、おばあちゃん！」

怖くて、皆の名を呼んだけれど、答えはもちろんない。聞こえたのは、風に揺れる木々のざわめきだけだった。

恐怖と哀しみ、疲れと空腹と喉の渇きで、動けという本能の声さえ、リオンには届かなくなっていた。

（ねむいよ……）

うつらうつらとしかけたリオンの目の前を、小さくてほのかな光が、ふわふわと揺れながら横切っていく。

「なに？」

暗闇に浮かんだ光にはっとして、リオンは身を起こす。その光は通り過ぎていったが、別の光があとを追いかけるように、ふわふわと漂ってくる。

「ちょうちょ？」

行き過ぎず、目の前で漂う小さな光を見て、リオンは驚いて声を上げた。それは、光る羽をもつ、小さな蝶だったのだ。

「きれい……」

こんな時なのに、その蝶に見蕩れていると、先に行った蝶も光りながらふわふわと戻ってきた。

「ちょうちょさんたちはふたりでいいね……ぼくはひとりぼっちなんだ……」

　ふわふわ漂う彼らに話しかけると、二匹の蝶は光る鱗粉（りんぷん）を撒（ま）きながら、リオンの前を行き過ぎようとした。

「まって！」

　リオンは立ち上がって蝶たちを追いかけた。ここで初めて出会った生きものたち……リオンは嬉しくて、そしてまたひとりになるのが怖かった。

　蝶たちは、足が痛くて思うように歩けないリオンを待ってくれるかのように、ふわふわと漂いながら先を行く。それは、まるで道案内をしてくれているようだとリオンには思えた。

　――こっちへおいで。

　――もうすこしだよ。

　光る蝶たちにいざなわれながら、立ち枯れの木々の間をしばらく行くと、急に目の前が開けた。そこに現れたものを見て、リオンは驚いて声を上げた。

「おしろ……？」

　リオンの目の前には、荘厳な石造りの城があった。

その城壁には蔓が這い、城を囲む石の塀は苔むして、古く、荒れた様子がうかがえる。だが、その城が立派なことには変わりなかった。

今まで絵本でしか見たことがなかった城を目の前にして、リオンは圧倒されてしばらくぽかんと見入っていた。こんな森の奥深くに、大きな城があることも不思議だった。

やがて、光る蝶たちが「行くよ」とばかりにふわふわしながらリオンを促す。城を眺めながらついていくと、やがて、蔓に埋もれた木戸の前に出た。

「はいってもいいの？」

蝶たちに訊ねながら木戸を押すと、リオンの力でも簡単に開いた。リオンは怖々、城の中に足を踏み入れる。

「だれかいるのかな……」

いつの間にか空が白み始め、少しずつ、辺りの様子が見えるようになっていた。

城の周りは荒れていたが、入ったそこは足元に柔らかな草が生え、果実の甘い香りを放つ木が立っていた。木の近くには、きれいな水をたたえた小さな泉もある。蝶たちは、いつの間にか姿が見えなくなっていた。

「りんご！」

甘い香に誘われて木を見上げると、赤く色づいた果実が実っていた。空腹だったリオンは一生懸命、木に登り、小さな手をうんと伸ばして、一番下の枝から林檎をもいだ……が、片方の手を離してしまい、地面に放り出されてしまった。

　だが、それよりも林檎だった。膝と肘を擦りむいて服も破れていたけれど、何も考えられず、ただ一心に林檎を食む。誕生日の林檎とはちみつのパイのことも思い出さないくらいに、リオンは丸一日ぶりの食べ物に夢中だった。喉もカラカラだったから、泉の水も手で掬って無心に飲んだ。

「おいしい……」

　林檎は甘く、水は喉に染み渡って身体を生き返らせる。リオンはふう、と息をついた。

　その時だった。

「誰かいるのか？」

　人の声に驚き、リオンは目を瞠って、辺りをきょろきょろと見回す。そして見上げた先には、見事な金髪をした若い男が立っていた。

（きれいなひと……こんなにきれいなひと、みたことないよ……このおしろのひと？）

　リオンは一瞬、彼に見蕩れ、そしてはっと気がついた。

（ぼく、ひとのおうちのりんごをだまってたべちゃった！）

「あのっ、あのっ、ぼく、りんごをかってにたべちゃって、おみずものんで、ごめんなさい！」

　顔の下で手を組み合わせ、リオンは一生懸命に謝った。

「とっても、おなかがすいていたの……」

「そんなことは気にしなくていいよ」

　リオンの目線に合わせて膝を折った金髪の男は、優しくリオンに話しかけてきた。澄んだ声が耳に心地いい。

「それよりも、どうしてこんなところにいるの？」

「あのね、ちょうちょさんたちがこっちだよって。つれてきてくれたの」

　彼の目が、一瞬、驚いたように見開かれる。

「それは、光る蝶？」

「うん。とってもきれいなちょうちょさん」

　近くで見る彼は、本当にきれいだった。獅子のたてがみのように豊かな金髪が肩に零れ、彫刻のように美しい顔立ちを包んでいる。瞳は不思議な色だった。金にも見える琥珀色……その全てに、リオンはまた見蕩れずにいられなかった。男の人というよりは、もっと若いように感じる。

「迷子になったの？　君の名前は？」

「リオン……」

「私はユリアスだよ」

彼の声が心地よく、人に出会えた安心感で、今まで張り詰めていた心の糸が緩んでいく。

力尽きて、リオンはその場にぺたんと座り込んでしまった。そんなリオンに、ユリアスが手を差し伸べる。

「大丈夫?」

(……よかった……きれいで、やさしいひとがいた……)

やじゅうさんではなかったけど……。

ユリアスに抱き上げられたリオンは、そのまま彼の腕の中で気を失ってしまった。

＊

(本当に、どうしたんだろう。こんなところまで人の子どもが……)

リオンを抱いて部屋へ向かいながら、ユリアスは思った。

寒空に上着も着ず、あちこちで転んだのか、服は泥だらけで、ところどころ破れ、顔や手には擦りむいたあともあった。疲弊しきったその様子に、ユリアスは心が痛くなった。よほど歩いたのだろうが、ここは森の奥地だ。迷ったにしても、子どもの足でこんなところまでやってくるというのは考えにくい。しかも、森の外に住む人たちは、この森のことを忌み嫌っている。子どもを近寄らせたりはしないだろう。

それに——。

思いを巡らしている自分に気がつき、ユリアスはふっと息をついた。

（まあ、いい。目を覚ましたら事情がわかるだろう。とにかく身体を温めてやらなければ）

アルマにそっと理由を話し、湯を沸かして、着替えも用意してもらった。ベイリーとアルマ夫妻には、ちょうど同じ年頃の息子がいる。アルマは驚いていたが、息子のイルザと同じくらいの子どもと聞いて、「それは可哀想（かわいそう）に」と、涙を浮かべた。

「ユリアスさま、私がいたしますのに」

「いや、イルザが目を覚ますといけないから、側（そば）にいてあげて。それよりも……」

「わかっています。ベイリーには言いませんわ」

人の子どもを助けたなどと知ると、ベイリーはまた何かとうるさく言うだろう。アルマは朗らかにユリアスの心を察してくれた。

（かといって、ベイリーに知られるのは時間の問題だけど……）

ユリアスは、長椅子に寝かせたリオンの顔に見入った。

突然現れたこの子のことが、とても気にかかる。だから、今はこの子――リオンと二人でいたいと思ったのだ。話は、今から半時ほど前にさかのぼる。


――夜が明け始めた頃。

目を覚ましたユリアスは、それ以上眠ることができず、諦めてベッドから立ち上がった。明けの星でも眺めようとカーテンを開けると、光る蝶が二匹、庭園でふわふわと漂っているのが見えた。

『森の道案内』と言われている、光る蝶は夜行性だ。夜明けに飛んでいることはめずらしい。

（何かあったのだろうか）

不思議に思ってユリアスが外に出てみると、明るくなり始めた庭園に蝶の姿は既になく、代わりに、泉の辺りで何かが動いている気配がした。

かつては森の動物たちが泉の水を飲みに来ることがよくあった。だが、今、この森に動物はいない。魔獣族との戦いで、逃げ出したものの他はみな、滅んでしまったのだ。

（森に仲間が残っていたのか？　いやまさか、そんなことは）

生き残った同族は、全て城に集まり、肩寄せ合うようにして暮らしてきた。この森が枯れ果ててから、ここに訪問者などないのだ。訝しく思って、ユリアスは泉に向かって呼びかけた。

「誰かいるのか？」

すると、そこにいたのは、林檎の芯を持った人の子どもだったのだ。ユリアスは驚いて、しばらく言葉を失った。

（しかも、光る蝶が連れてきてくれたなどと……）

汚れた服を着替えさせようとシャツを脱がせていたユリアスは、その手をふと止めた。

（なんだ？　この紋様は）

すべすべした小さな背中に、黒い流線形の不思議な紋様が浮き出ている。痣だろうか。いや、それはまるでペンで描かれたかのように、黒くくっきりとしていた。

謎（なぞ）めいた子どもだと思いながら着替えを終え、毛布をかけてやる。リオンと名乗ったその子どもは、心地よさそうな息を吐いて、毛布の中に鼻まで潜り込んだ。

その仕草が愛らしくて、ユリアスはふっと微笑む。そして、心が和んでいる自分に気がついて少なからず驚いた。

（もう何年も、このような思いが湧いてきたことなどなかったのに……）

どうやら、自分の中にもまだ、心温まる感情というものが残っていたらしい。

だが、自分だってまだ十五歳なのだ。十年前にあんなことさえ起こらなければ、今頃は……。

（何を考えている）

思いを打ち消すように、ユリアスは金色の頭を振った。過去を振り返っても、何も変わらない。時間は巻き戻せない。

ユリアスがそんなことを考えていたら、部屋の扉を忙（せわ）しなくノックする音が聞こえた。

あれは、ベイリーのノックの音だ。

今度は違う種類のため息をつき、「どうぞ」と答えると、ベイリーは部屋に入るなり、矢継ぎ早にまくし立てた。

「夜明けから、何をこそこそとしていらっしゃるのです？　何かあったのですか？　異常があれば、すぐにお伝えくださいとあれほど申し上げているのに、いったい何が……」

　変化のない日々の中で、ユリアスがいつもと違う行動を取るのは何かあった証拠だと、ベイリーは決めてかかっている。そんなベイリーは、長椅子を見て驚きの声を上げた。

「子ども！」

「大きな声を上げるな。起きてしまうだろう」

　ユリアスが窘めるのもかまわず、ベイリーは茶色の目を見開き、興奮して詰め寄ってくる。

「これは人の子どもではありませんか！　なぜ？　どうしてここにいるのです？　まさかユリアスさまが連れてきたのですか？　いつ、どうやって……！」

「ベイリー、頼むから少し落ち着いて」

「これが落ち着いていられますか」

　ユリアスは、やれやれとばかりに息をついた。

「庭に迷い込んでいたんだ。偶然見つけたのだけれど、空腹と疲労で弱っていたから助けた。それだけだよ」

「それだけって……」

　ベイリーは明らかに、ユリアスの答えが不服そうだった。

「人の子が、こんな森の奥までひとりで入り込むことなど、できるわけがありません。明らかに不審でしょう。しかも彼らは我々をとことん嫌い抜き、こちらの呼びかけに耳を貸そうともしなかった」

「昔のことだよ」

淡々と答えるユリアスに対し、今度はベイリーが深くため息をついた。

「とにかく、不審だらけの者をこの城へ入れないことです。……この子がオメガだというなら別ですが」

「そういうことを言うなと言っただろう」

ユリアスは主（あるじ）らしく威厳を込め、語尾強く答えた。

いつもと同じ話の着地点だ。ベイリーも同じことを思ったのだろう。再びため息をついている。

「この子が目覚めたら、どうしてここへ迷い込んだのか聞いてみる。それでいいだろう?」

「う……ん」

そうしてください、とベイリーは言い置いて部屋を出ていった。

眠りが妨げられたのか、リオンは寝返りを打ったが、またすぐにすやすやと寝息を立て

始めた。青白かった頰には血色が戻って、ほんのりとばら色になっている。

可愛い寝顔に思わず見入ってしまう。何度でも、見てしまう。

ただ年齢を重ねていただけの日々の中、光る蝶に導かれて自分の懐に飛び込んできた子ども、リオン——この不思議な出会いの意味はなんだろうとユリアスは考える。リオンとの出会いは、ユリアスにとって、とても大きな出来事だったのだ。

その大きな出来事に不審など感じない。むしろ、その出来事がもたらしたのは、変化という名の希望だ。だからこんなことも考えてしまうのだろう。

(話を聞いてみて、もし行くところがないなら、ずっとここにいればいい。帰る家があるならば、なんとかして送り届けてやりたいが、それでも体調がしっかりと戻るまではここで身体を休めて……)

そしてユリアスは、はっと気がつく。

——私は、少しでも長く、この子を側に置いておきたいと思っている……?

改めて自分の心に向き合い、ユリアスの心は、温かな混乱に巻き込まれた。

＊

「あれ？」

ぐっすりと眠ったリオンが目を覚ましたのは、昼前だった。長椅子の上に起き上がり、不思議そうに周りを見渡す。

暗くて怖い森の中にいたはずなのに、明るくて温かな部屋の中にいる。着ていたものだって破れて、濡れてぼろぼろだったのに、いい匂いのする寝間着を着て、ふわふわした毛布にくるまれているのだ。窓からは陽の光が差し込んで、長椅子の前の敷物の上に光の線が落ちている。お腹も空いていないし、喉も渇いていない。

（そうだ、あの、きれいなひと……！）

あのひとがたすけてくれたんだ。あれはゆめじゃなかったんだ！

彼はどこにいるんだろう。

リオンは長椅子をぴょんと飛び下りた。きれいに乾いている靴を履き、ちょっとどきどきしながら、扉を開ける。

（よそのおうちのなかを、かってにあるきまわったらおぎょうぎわるいよね……あっ）

林檎を食べて、泉の水も飲んでしまったことを思い出した。うわわと焦りながら、そうだ、あのお庭に行ってみようとリオンは考えた。

だが、廊下はまっすぐに続いていて、どこにその庭があるのかわからない。

（おっきなおうちだなあ……）

お家どころかお城なのだ。リオンはとりあえず、長い廊下をずんずんと歩いていった。子どもの足では、ひたすらに長く感じられたが、しばらく行くと階段へと続く広間に出た。階段の正面は大きな窓になっていて、そこから、覚えのある風景が見える。

（あった！）

リオンは石で造られた手すりに小さな手を乗せて、一歩ずつ、踏みしめるように階段を下りていった。こうして階段を下りることも初めての経験なのだ。これもまた、絵本の中でしか知らなかった景色だったから。

階段を下りて、庭に続く扉を開ける。やっぱりここだ。林檎の木、泉、そして——。

（あのひとだ！）

冬バラの束を手に、その人は佇んでいた。まるで周りの景色に溶け込むように。見事な金髪は風にそよぎ、大きな花みたいだとリオンは思った。

「よく眠れたかい？」

ゆっくりと美しい顔が振り向き、優しい声音が訊ねる。リオンはこくんとうなずいた。

やっぱり、とってもきれいなひとだ。えっと、なまえは――。

「ユ、ユリアス、さま」

緊張してしまって、上手く言えなかった。

だって、こんなにきれいなひとと、おはなししたことなんて、ないんだもの……それに、思わず「さま」をつけてしまった。そう呼ばずにいられない雰囲気を、リオンは幼いながらに感じ取っていた。だが、ユリアスは柔らかく微笑んだ。

「ユリアスでいいよ、リオン」

えっ、そんなふうによんじゃってもいいのかな、でも、やっぱりよべないよ……リオンはどきどきしながら答えた。

「あっ、あの、ユリアスさま、あの、ねまきとか、くつとか、それから、もうふとか、ありがとうございました」

ちゃんといえたかな、これでよかったかな。もっとどきどきしていたら、ユリアスにそっと髪を撫でられた。

「ここで出会った時も思ったけれど、君はしっかりとごめんなさいとか、ありがとうが言えるんだね。とても偉いことだと思うよ」

ユリアスに褒められて、リオンは真っ赤になってしまう。ユリアスさまと呼んだことも、何も言われなかった。安心した様子のリオンを見て、ユリアスは、また優しく微笑んだ。

「とにかく、昼ごはんを食べに行こう。……それから、君に聞きたいことがあるんだ」

「おひる？　ききたいこと？」

なんのことだかわからなくて、リオンは二つの問いを一緒に返した。すると、ユリアスはリオンの目を見て説明してくれた。

「そうだよ、この庭で私たちが出会ったのは、夜が明ける頃だった。君はそれからずっと眠っていて、今はもう昼前なんだ」

「おきたから、あさじゃないの？」

リオンは目を見開いて驚く。昨日からいろいろなことがありすぎて、幼い頭の中では処理しきれなかった。それでも、リオンは健気（けなげ）に訊ねる。

「ききたいことってなあに？」

「それは食事が済んでからにしよう」

ユリアスは少し目を伏せて答えた。

「まあ、ユリアスさま、今、お食事をご用意しようと思っていたところです」

リオンがユリアスについて入った部屋では、小柄な女の人がてきぱきと働いていた。部屋には料理のいい匂いが立ち込め、石造りの棚には鍋や調理道具が整然と並んでいる。

「すまない、アルマ、この子にも何か食べさせてやってくれないか？」

アルマと呼ばれた彼女は立ち働く手を止めて黒い目を細め、リオンに明るく笑いかけてきた。

「あなたがユリアスさまのお客さまね。私はアルマ。ユリアスさまのお世話をしているのよ。どうぞよろしくね」

「ぼくはリオンといいます。あの、おきゃくさまかどうか、わからないけど……」

リオンがたじたじと答えると、アルマは声を上げて笑った。快活で、気持ちのいい笑い声だ。

ユリアス以外の人に出会って、リオンは、少々驚いていた。あの長い廊下に誰もいなかったので、この城には、ユリアスしかいないのではないかと思っていたからだ。

その時、アルマのエプロンの後ろから、赤い髪をした男の子がぴょこんと顔を出した。茶色い目は丸くて「こいぬさんみたいだな」とリオンは思う。

「この子はイルザっていうの。あなたと同じ年くらいかしら」

アルマに促され、イルザはユリアスとリオンに挨拶をした。だが、怪訝そうな顔で、明らかに警戒している様子だ。リオンも思わず、イルザと同じようにユリアスの後ろに隠れてしまった。

「ごめんなさいね、いつもはもっとやんちゃなのよ」

「無理もないよ。誰かがこの城にやってくるなんて、初めてのことだから」

ユリアスがリオンの代わりに答えている。

(はじめて?)

幼いながらに、リオンはユリアスの言葉に引っかかるものを感じた。

ぼくがはじめての『おきゃくさん』なの?

だが、なぜかユリアスに訊ねてはいけないような雰囲気を感じた。だから、リオンは何も言わず、イルザと可愛い睨み合いを続けていた。

その後、天井の高い立派な部屋へ通されて、リオンはユリアスと一緒に昼食をとった。

広い部屋に大きなテーブルがひとつ。椅子はいくつかあるが、座っているのはユリアスと自分だけだ。いつも家族で食事をしていたリオンは淋しく思ったが、アルマが作ってくれた食事は、とても美味しかった。

肉の煮込みと、とろりとしたカブのスープ。新鮮なミルク、パンにはバターがこんもりと添えられている。

（こんなにたくさんのバター、ぼくひとりでたべちゃっていいの？）

朝食べたものは、林檎と水だけ。お腹が空いてきたこともあって、リオンは目を輝かせて昼食の皿に向かった。ユリアスは優しい笑みを浮かべて、そんなリオンを見守っている。

「美味しいかい？」

「うん！」

「それはよかった」

ユリアスさま、すごくうれしそう……。

リオンはユリアスの笑顔に、きゅっと心が痛くなるのを感じた。どうしてかな。ユリアスさまは笑っているのに……本当に、どうしてだかわからないけれど。

「じゃあ、今日は小さなお客さまのために、午後からお菓子を作りましょうか。リオンは林檎とはちみつのパイは好き？」

アルマに話しかけられ、リオンのもの思いは中断された。林檎とはちみつのパイ……リオンの目に、じわっと涙が込み上げた。

「どうしたの？　そんなに、泣けるほど嫌いなの？」

「ううん、だいすき……」

慌てるアルマに、リオンは首を振って答えた。

涙は止まらず、ばら色の頬をぽろぽろと零れ落ちる。これまで目を背けていたものがあふれ返るように、リオンの心の中で急激に哀しい出来事が巻き戻された。

「ぼくのおたんじょうびに、おかあさんが、ひっく……りんごとはちみつのパイを、つくって、くれたの。でも、こわいひとたちがやって、きて……それで、おとうさん、おかあさんが……」

おとうさんとおかあさん、つかまらなかったかな。だいじょうぶだったかな……。ジェインちゃんとおばあちゃんは……？

泣きながら話していたら、リオンは肩がふわっと温かくなるのを感じた。ユリアスが、肩を抱き寄せてくれたのだ。

「何か怖いことがあったんだね」

「ひっく……」

「今は私が君の側にいるよ。だから大丈夫。安心して」

その温もりと優しさに甘えるように、リオンはユリアスにしがみつく。そして、声を上げて泣きだした。

「あのね、ぼくね」

「話したくなければ、無理に話さなくていいから」

髪を撫でられながら、リオンはユリアスの静かな声を聞く。声がすうっと胸の辺りに吸い込まれたような感じがして、とても安心している自分に気がつく。

（いまは、ぼくはひとりぼっちじゃないんだ）

「ぼくね……」

涙を拭い、リオンは我知らず口を開いていた。自分でも意識しないままに、ユリアスが「聞きたいこと」はきっと自分の事情なのだと、小さな胸の中でわかっていた。だが、ユリアスはすかさず、リオンの言葉を遮る。

「自分のことだったら、本当に話したくなった時でいいんだよ」

「いいえ、そういうわけにはいきません」

突然、部屋に入ってきたかと思うと、二人の話に割り込んできたのはベイリーだった。

「まったく、ベイリーは耳聡いな……」

ユリアスのため息まじりの皮肉にも怯むことなく、ベイリーは二人の向かいにどさりと腰を下ろした。

「本人が話したがっているなら、ちょうどいいではないですか。さあ、ユリアスさまのためにお話しするんだ。おまえはどこから、どうやってここへ来たのだ？」

ユリアスさまのため？　それならやっぱりおはなししなくちゃ。ユリアスのためと言われ、話さないという選択はリオンの中にはなかった。リオンはユリアスの腕の中で、子どもながらに整った貌を精いっぱいに上げた。

「ぼくね……ぼく、オメガだったの」

逸る心が最初に告げたのは、結論だった。幼いリオンにとって、ことを順序立てて説明するのは難しかった。

「オメガ……？」

ベイリーは奇妙にひきつった顔と、裏返った声で反応した。ユリアスは目を見開いている。二人が驚いていることは、リオンにもよくわかった。

どうして？　ふたりとも、どうしてそんなおかおをしているの？　やっぱり、ぼくがオメガだから？

ぼくはまたすてられるの？――急に不安に駆られ、リオンはユリアスの袖をぎゅっと摑んだ。

「ユリアスさま……」

その頼りない声に、ユリアスは微笑みで応えてくれた。ただ、その微笑みは、急ごしらえの固いものだったのだが、リオンにはわからなかった。

「なんでもないよ。ただ――オメガという言葉を初めて聞いたから、なんのことだろうと思っただけ」

「オメガのこと、知らないの？」

「うん。知らない。でもねリオン、リオンがなんであっても、私はリオンの味方だよ」

「ほんと？」

ユリアスは力強くうなずいてみせた。その隣でベイリーが何か言いたそうな顔をしていたが、リオンはユリアスの言葉に安心したように、再び話し始めた。

「オメガって、〝わざわいをもたらすけがらわしいもの〟だから、ひとのせかいでいきていてはダメなんだって。だから、こわいひとたちがおうちにきて、ぼくをもりにすてたの。そうしないと、おとうさんとおかあさんをつかまえるっていったの……」

「リオン……」

再び、リオンはユリアスに抱きしめられていた。

「なんてことだ……」

震える声が、リオンの耳を掠めていく。

改めて口にする自分の身の上、そして、ユリアスに抱きしめられたことが、リオンの涙腺を壊してしまった。リオンはユリアスの肩に、ぽろぽろと涙を零す。

「それでね、どうしたらいいかわからなくて、あるきまわったの。まっくらで、こわくて、おなかがすいて、さむくて……そしたら、ひかるちょうちょさんが『こっちへおいで』っていってくれて、それでこのおしろについたの」

「光る蝶？」

ベイリーは弾かれたように椅子から立ち上がる。ユリアスは黙ったままだった。

リオンは「うん」とうなずき、そしてまた、ユリアスの袖をぎゅっと摑んだ。

「ぼく、かえれないの。かえったら、おとうさんとおかあさんがつかまっちゃうの。でも、どこへいったらいいのかわからない……」

「ずっとここにいればいいよ」

しゃくり上げるリオンを、ユリアスは見つめていた。リオンは息を継ぎながら、一生懸命に訊ねる。

「ほんと？　ほんとにここにいていいの？」

ユリアスさまのおそばにいてもいいの？

優しいまなざしに包み込まれ、安心したリオンは、腕を伸ばしてユリアスの首にかじりついた。

嬉しいことを言ってもらったのに、くすんくすんと泣き止むことができない。

「もう、いいだろう？　これ以上、この子に辛かったことを話させるな」

ユリアスは静かな声で告げ、ベイリーは小さく会釈をして、部屋を出ていった。

「大変な思いをしたんだね。これからは、私が君のお父さんやお母さん、家族になるよ。だからもう、何も心配しないで」

ユリアスさまもひとりぼっちなのかな。

そう考えたら、ますますリオンの涙は止まってくれなかった。ユリアスは黙って、リオンの亜麻色の髪を撫で続けてくれた。

＊＊＊

「とうさま、かあさまーっ！」

五歳のユリアスは、父と母に向けてあらん限りの声で叫んだ。だが、その叫びが二人に届くことはない。

「ふふ、そのように泣き叫んでも無駄だ……」

魔獣族の王は、自分も満身創痍でありながら不敵に笑う。

森の王は、相撃ちになって果てる際、その剣で魔獣王に決定的な痛手を与えていた。父の形見となった剣を抱き、ユリアスは瀕死の魔獣が漂う、明け始めた上空をキッと睨みつけた。

「夜が明ければ、呪いは効果を現す。誰にも止めることはできぬ」

「とうさまと、かあさまをかえせ！」

ユリアスは叫んだが、魔獣の王はあざ笑った。

「死んだ者より、自分の心配をしたらどうだ？　ふふ、はは……教えておいてやろう……聞いて絶望するがよい。この呪いには三つの枷がある……」

「かせってなんだ！」

問い返すユリアスは、身体がちりちりと痛むのを感じていた。問われた魔獣王は、愉快そうに高笑いをする。

「この呪いを解くには、アルファのおまえが人のオメガに愛されねばならぬのだ……ひとつには愛の言葉を告げられること。二つには、くちづけされること。そして三つには、オメガがおまえの子を宿すこと……」

魔獣王の身体は霞み始めている。消滅の時を目前にして尚、彼は取りつかれたように喋り続けた。

「だが、そのオメガは三百年に一度しか生まれぬのだ。ふ、はは……どうだ？　難題であろう？　おまえが生きているうちにオメガに巡り会えるかどうかは、誰にもわからぬ。出会ったとしても、交わるだけでは意味がないのだ……おまえたちを嫌う、人のオメガに愛されなければ……さあ、どうだ？　存分に絶望を味わうがよい」

ほどなくして、魔獣王は高笑いののちに息絶え、その身体は塵となって消えた。いまわの呪いに、もてるだけの魔術と命を使い果たしたのだ。

夜が明けていく。両親との別れを惜しむ間も、悲しみさえも許さぬように、ユリアスの身体が変化していく。骨がみしみしと鳴り、筋肉がひきつれる。ともに生き残った、わずかの同族たちも同じだった。

「オメガ……？」

苦痛に顔を歪めながら、ユリアスはその言葉を呟く。

それは、人のみに現れるという第三の性だ。発情期があり、男でありながら子を孕むことが卑しいと、人の国では忌み嫌われているという。

だが幼いユリアスには、オメガと交わるとか、愛されるということの意味がわからなかった。ただ、自分の身に起きたことを受け止めるので精いっぱいだった。

それは、今から十年ほど前のことだ。

ユリアスは両親の愛を受け、森の野獣族の王子として幸せに暮らしていた。そう、あの日までは。

あの日、ユリアスたちの一族は、魔獣族から総攻撃を受けた。

彼らはコウモリの羽根をもち、悪しき魔術やまじないで、災いの種を蒔(ま)いている。決まった領土をもたない彼らは、夜は空を飛び、昼間は森や人里に寄生して、陰気な木の陰や洞窟(どうくつ)の中で羽根を休めていた。

そのため、魔獣族はこれまで人や野獣族に手出しをしてくることはなかったが、実はその機会を、禍々(まがまが)しい赤い目の奥でうかがっていたのだ。

彼らは領土を欲していた。いずれ、森も、人の国も魔獣族のものとする野心を抱いていた。その手始めとして、彼らは森の一族にもちかけた。

『手を結び、ともに人の国を手に入れようではないか』

　だが、森の王は断った。

『森は今、皆が安寧に暮らしている。人の国を滅ぼして、無駄な血を流すことに意味はない』

『人は森の一族を侮り、嫌っている。腹立たしくはないのか』

『だからといって、血を流して戦う理由にはならぬ。人の幸せをかき乱すことなど本意ではない。わかり合えぬのなら、それは仕方のないこと。森の平和を維持すること以上に大切なことなどない』

　そして、続く言葉が魔獣族を怒らせた。

『我らが、魔獣族と手を結ぶなどと思ったか？　寄生させてやっていることをありがたく思うならまだしも、我々を悪しきおまえたちと一緒にするな』

　怒った魔獣族は、一斉に森に攻め入った。野獣族は不意をつかれ、森は焼かれ、領土のほぼ全てと多くの民を失った。だが、野獣族の反撃によって、悪しき魔術の他に武器をもたない魔獣族もまた痛手を受け、結局は相撃ちとなって、双方が滅ぶという結末を迎えた。

　いまわの際、魔獣族の王は最後の力で、野獣族の生き残りたちに呪いをかけた。

　呪いをかけられたのは、幼い王子と一部の民たち。そして魔獣族もまた、王の息子のみが生き残った。

その呪いとは――。

「ユリアスさま」

ベイリーの声により、ユリアスの回想は遮られた。現実に引き戻されたユリアスは、扉を開けて、静かにベイリーを迎え入れる。

「あの子は眠ったのですか」

リオンが横たわるベッドの方をちらりと見て、ユリアスはうなずく。ベイリーと話し合うことを避けられないのはわかっているが、できることなら、ただずっとリオンの寝顔を見守っていたかった。

「驚きましたね」

一方、ベイリーはリオンのことを話したくてうずうずしていた。口を開かない主の代わりに、まくし立てる。

「このような偶然、いや幸運があるものでしょうか。我々が欲していたオメガが、光る蝶に導かれて向こうから飛び込んでくるなどと。まさに運命だというべきか」

実質主義のベイリーが、嬉々として運命という言葉を口にする。子どもを片っ端から攫ってこいなどと言っていた男が。

ユリアスはずっと、この運命的な出会いのことを思っていた。

呪いを解く鍵となる、オメガの子ども――自分たちは出会うべくして出会ったのだ。最初からこんなにもリオンのことが気にかかるのは、そのためだったのだと。

だから、ベイリーが手のひらを返したように『運命の出会い』を説くことが少々、気に障った。ユリアスにとってそれは、ずっと胸に抱きしめていたいような、せつなくて大切な大切なものだったから。

「……わかっておられますね」

主が沈黙したままなので、ベイリーは話をまとめにかかった。

「わかっているよ」

ややぞんざいで短い返答に、ベイリーは忙しなく言葉をたたみかける。ユリアスがなぜそんな様子なのか、考えようともせずに。

「では、我ら一族にかけられた呪いを解くために、一日も早くあの子と番になるのです。それこそ我らの悲願……父上さまも母上さまも、さぞや喜んでおられるでしょう」

「……一日も早くなどと、おまえはリオンが何歳かわかっているのか。それに、あの子ではない。リオンだ」

ベイリーのあまりにも直接的で性急な物言いに、まだ少年のユリアスは眉をひそめる。

「もちろん、今すぐにというのは無理な話です。オメガの身体が成熟し、発情するのは十七～八歳頃だといいますが、リオンが身も心もあなたから離れられなくなるように、早くから仕込まなければと申し上げたかったのです」

「仕込むなどと……」

身も蓋もない言い方に、ユリアスはますます眉間を険しくする。幼く、無垢なリオンを前に、そのような生々しいことを考えたくはなかった。

それに、ベイリーは、大切なことをわかっていないのではないか。

呪いは、ただ番になれば、身体の関係を結べば解けるというものではない。リオンから愛されて愛の言葉を告げられ、くちづけられねばならないのだ。その上、子を成さねばならぬという、三つの枷のことを。

そして、ユリアスは絶望的な思いを抱く。

——もし、呪いが解けたとして、私たちの真実を知ったら、リオンはなんと思うだろう。

一方、ベイリーはさらに忙しなく言い募った。

「とにかく、リオンがあなたに夢中になればよいのです。そのために、明日からあの子を甘やかし、あなたしか見えなくなるようにせねばなりません。そうすれば、いずれ子もできましょう。よろしいですか、ユリアスさま」

ベイリーは興奮してぎらついた目でユリアスを見据えた。

「これはあなたの王子としての務めなのです。そして、呪いから解かれた暁には、あなたは一族の血をつなげていかねばならない。あなたの背に、一族の命運がかかっている。リオンはそのための大切な切り札です」

「リオンを道具のように言うな」

切り札と聞き、ユリアスは黙っていられずに言い返した。

これがアルファとオメガの血の引き合わせであったとしても、リオンにはリオンの人生がある。選択肢もある。

自分たちのためにリオンを縛りつけてしまってもいいのかと、ユリアスは自分の心に投げかけていた。その一方で、この子をずっと側に置いておきたいという思いは、やはり無視できない。

「道具とは言っておりません。切り札だと申し上げたのです」

自分の言い分を引かないベイリーに、ユリアスは複雑な心のままで答えた。

「とにかく、リオンはここで育てる。先のことは……今はまだ、考えるのは早すぎる」

「ですが、常に考えておくことは大切です」

森の王子として一族を守るための、呪いを解く存在。そして、運命に導かれた心惹かれる存在――ベイリーの返答を聞きながら、ユリアスはリオンについて思いを馳せていた。

生き残った野獣族の家臣や民たちは、皆、森の城に集まり、肩を寄せ合うようにして暮らしている。

民たちは城の中で畑を耕して穀物や野菜を作り、家畜を飼い、時には川で魚を捕るなどして城の生活を支えている。彼らは健気に生活していたが、閉鎖的な生活が長く続く中、戦いの時に力を貸してくれなかったとして、人を嫌う者も出始めていた。

一方、彼らは王家の生き残りであるユリアスを希望として崇め、彼らの温かさはユリアスの心の支えにもなっている。だから、彼らが人の子であるリオンをどう思うか――表向きは、やはり森に捨てられていた子どもとしている――そのことが、ユリアスは心配でもあった。

「家臣や民においては、自分たちが呪いをかけられた森の一族であることをリオンに口外してはならぬと口止めをしておきました。もし、リオンが怖がって逃げ出したりしたら大変です。人は野獣族のことを嫌っているのですから。リオンがなんと刷り込まれているかわかりません」

ユリアスの心配をよそに、ベイリーは早速、外堀を埋めてかかっている。だが、リオンをここに留めておきたいのは自分も同じだ。

（私は私のやり方でリオンを留めよう。ここから出て、私から離れて、どこにも行きたくないと思うくらいに）

慈しんで、大切にしよう。そう思うと、リオンは道具ではないと思う心が慰められる。

もちろん、愛し愛されることが最大の望みだが、幼いリオンを前に、ユリアスはまだ番になることを具体的に考えられなかった。

番になるということ、子を成すということは、リオンを抱くということだ。今、そのようなことを考えるのは、リオンを汚すような気がしてならなかった。

――リオンの背中の紋様を見た時から、ユリアスはある思いに取りつかれていた。

あれほどに艶めかしく妖しいものを見たことがない。子どもの背中にあるそれは禁忌な香りを放ち、ユリアスを一瞬のうちに惹きつけた。

（なにを私は……リオンはまだ十にも満たぬ子どもなのに）

あの紋様がなんであるのか、戸惑いの傍らで、ユリアスはなんとなくわかっていた。あれはおそらく、リオンがオメガである証なのではないか。

それは根拠のない直感だったが、ユリアスの心に訴えるものがあった。だからこそ、自分とリオンが出会ったのは偶然などでないと思える。互いを欲するアルファとオメガ。そして、呪いという因縁。

（感、か……本来、私たちに備わるその力を、忘れてはならぬと揺り起こされたということか）

「ねえ、ユリアスさま、どうして、そんなにむずかしいおかおをしてるの？」

いつの間に部屋に戻ってきていたのか、アルマのところへ行っていたリオンがそこにいた。考えに浸っていたユリアスの顔を、大きな目が覗き込んでいる。くすっと笑い、ユリアスはリオンを膝の上に抱き上げた。

「私はそんなに難しい顔をしていたかい？」

「うん」

即、返される無邪気な答え。

「ここんとこがぎゅーってなってたよ」

リオンは真面目な顔で、ユリアスの眉と眉の間に指を触れる。

ユリアスの心はせつない悲鳴を上げた。

そんなふうにされると、抱きしめて頬ずりしてしまいたくなる。可愛い、という感情が押し寄せてたまらなくなるのだ。これは邪な気持ちではない、とユリアスは自分に言い聞かせる。

抱きしめられたリオンは声を上げて喜び、自分もまたユリアスをぎゅっとして、額に可愛いキスを落としてきた。そして、えへっと笑ってみせる。一方、ユリアスは驚いて、目を瞠った。

「リオン、今何を……？」

「あのね、これはだいすきっていうしるしだよ。おとうさんやおかあさんが、いっぱいしてくれたの！」

まるで怖いことを訊ねるように、ユリアスはおそるおそる訊ねた。その言葉が返ってくるとは微塵も思っていなかったからだった。

「すきじゃないよ。だいすきなの！」

リオンはさらに、にこにこと笑いながら答える。

「ぼくは、はじめてユリアスさまにあったときから、ユリアスさまがだいすきだよ」

――大好き。

その言葉が発する煌めきに、ユリアスは目眩を起こしそうだった。もうずっと、その煌めきをこんなにも素直に差し出されたことがない。

ひとりぼっちの夜、見知らぬ場所で助けてくれた相手に、リオンは全幅の信頼を寄せているのだろう。その信頼を「大好き」という言葉に置き換えているのかもしれない。そんなことも心をよぎるけれど、思ったそばから、いや、そうではないと、心は強く否定する。

（私は、こんなにもその言葉に飢えていたのか……）

だが、リオンはユリアスがもの思いに浸るのを許してくれない。目を輝かせて、ユリアスの袖を引っ張った。

「ほら、見て、ユリアスさま！」

リオンが指差すテーブルの上には、お菓子や果物などが積み上がっている。

「今日はまた多いな」

「うんっ！」

得意そうな、嬉しそうな笑顔に、ユリアスの表情はさらに柔らかくなる。

城に住む一族の者がリオンを受け入れられるか。ユリアスの危惧をよそに、リオンはすぐに皆から可愛がられるようになっていた。無邪気な愛らしさが皆の心を捉えたのか、城の中を歩くたびに、こうやってお菓子などをもらってくるのだ。

城の中には子どもが少ない。戦いで家族を失ったものもいる。リオンはきっと、そんな皆の心の中にすうっと入り込み、乾きや淋しさを癒やしたのだ。そして皆やはり、先の見えない、変わらない毎日の中で変化を望んでいたのだと、ユリアスは知った。

——あなたの背に、一族の命運がかかっている。

ベイリーの声が心にこだまする。

（だが、まだ時間はある。少しでも長く……）

今はこのひとときに癒やされたい。リオンが大人になるまで——亜麻色の髪を撫でながら、ユリアスは思った。

森の見回りは、ユリアスの日課のひとつだ。今日もユリアスは城を出て、ひとり森の中を歩いていた。

最近はリオンと一緒に過ごすことがほとんどだが、森の見回りだけはユリアスひとりで出かける。立ち枯れ、黒く焼けたままの森を見ると捨てられたことを思い出すのか、ユリアスと一緒であっても、リオンは城を出たがらない。そんな時は、アルマのところで同い年のイルザと遊ぶのだが「はやくかえってきてね」と送り出す時の目は、いつも泣くのをこらえて、真っ赤だ。

『ほんとはユリアスさまといっしょにいきたいの。……でも、もりはいや……』

最初にそう言った時の顔が、ユリアスの心を苦しくする。

(早く帰ってやらねば)

そう思い、足を速めた時だった。

頭上の木の枝が、突然、がさっと大きな音を立てたかと思うと、目の前に、真っ黒に枯れた葉が、はらはらと落ちてきた。森の木はほとんどが枯れているが、葉が、こんな消し炭のようになることはない。

まるで自分を引き留めるかのような不自然な有り様……ユリアスは頭上を仰いだ。

木の中ほどの枝の上に、黒装束の男がいた。立ち枯れた脆い木の枝に危なげなくしゃがみ込み、こちらを見下ろしている。黒い帽子を目深に被っているために顔は見えないが、ユリアスは厳しい表情で、頭上に向かって呼びかけた。

「……なんの用だ。グリフィス」

声に応じ、黒装束の男は黒いマントをなびかせて地面に降り立つ。帽子のつばを上げると、赤く不気味に光る目が現れた。

「毎日ご苦労なことだな、ユリアス。そのように見回ったところで、森は何も変わらないというのに。魔獣族の炎に焼かれたものは、元に戻りはしない」

「わざわざそんなことを言うために現れたのか。私は、おまえと話すことなど何もない」

去れ、と言うと、グリフィスと呼ばれた男は、目をぎょろりと光らせた。

「あの、人の子どもはなんだ？」

「魔獣族に答えることなど何もないと言っただろう」

「相変わらずつれないな、ユリアス。あの戦いでともに生き残った者同士、仲良くやろうと言ってるじゃないか」

あの戦いで森の一族が滅ぼされたように、魔獣族もまた滅んだ。ただひとり、魔獣王の息子、グリフィスを残して。

グリフィスは、こうして時々、ユリアスの前に姿を現す。彼もまた、魔獣族の復活を願っていることは間違いなく、ユリアスはグリフィスを無視し続けていた。

そのグリフィスが、リオンのことを早速嗅ぎつけている。

グリフィスに関わられるなどごめんだ。ユリアスは黙ったまま通り過ぎようとしたが、グリフィスはマントを広げて行く手を阻んだ。

「ついに、呪いを解くオメガを見つけたのか？」

グリフィスはいやらしい顔で笑っている。やはりそれを……？　ユリアスは表情に出さず、心の内で呟いた。

「何を黙り込んでやがる。俺は魔獣族の生き残りだぜ。おまえたちの呪いを解く方法を知らないわけがないだろう」

今日はそのために私の前に現れたのか。リオンがそうだと知れたら、解呪させないために、どんな手を使ってくるかわからない。ユリアスは平坦な声で答えた。

「驚いてなどいない。森で迷子になっていた子どもを、城で面倒みているだけだ」

「へえ……」

グリフィスは意味ありげに目を煌めかせるが、これ以上はユリアスが相手にならないと思ったのか、マントを大きくひらめかせた。

途端、ばさりと音を立てて、マントがコウモリの翼に変わる。

「じゃあな、森の王子さま」

揶揄（やゆ）しながら、グリフィスは魔物の姿で森を飛び去っていった。

（リオンを連れてこないで正解だったな）

グリフィスに目をつけられた以上、これからもリオンを森に連れてくることはできない。

そしてそれは、リオンを城から外へ出せないということを意味する。

去り際の、グリフィスの意味ありげな目が気にかかる。とにかく、リオンがオメガだと知られてはならない。

（リオンを守らなければ）

ユリアスは踵を返し、森の中を駆け出した。

「――いいね、リオン。私と約束しておくれ」

ユリアスが真剣な顔で念を押すと、リオンはきょとんと小首を傾げた。

理解できなかったのだろうか。膝の上のリオンを抱き直し、ユリアスは繰り返す。

「この城から、一歩も外へ出てはだめだ。窮屈に思うかもしれないけど、我慢してほしい。その分、私がいつも側にいるから」

「ぼく、もりはこわいし、それに、ユリアスさまのおそばとちがうところなんか、いきたくないよ？」

何を言ってるの？　といわんばかりの表情で逆に見つめ返される。一点の曇りもない、澄んだ目だ。ユリアスはその目が自分だけを見ていることに安堵し、そして喜びを感じる。

なんなのだろう、この喜びは。

「ぼくはいつでもユリアスさまのおそばにいるよ」

「リオンはいい子だな」

ユリアスがふっと目を細めると、リオンはにこっと笑顔を返した。そして、ぴょこんとユリアスの膝から飛び下り、袖を引っ張る。

「ねえ、ユリアスさま、おにわにきて！　おにわならいいでしょ？」

「城の中なら大丈夫だよ」

グリフィスも、単身、敵陣に乗り込むことなどしないだろう。ユリアスは笑ってうなずいた。

「ユリアスさまにみせたいものがあるの！」

はしゃぐリオンが手をつないでくる。小さな指に絡めるように包み込んだら、胸がきゅっと痛くなった。ユリアスはリオンに導かれるまま、城の庭園へと出る。

庭園は、かつては庭師が丹精込めて手入れをしていた。

ユリアスの母が愛したバラ園を縫うようにして樫（かし）の木が並び、リオンと出会った泉へと続いている。バラ園はところどころ朽ちてしまったけれど、この庭は奇跡的に無事で、木々は今も緑の葉をつけている。

「ほら、あそこ！」

リオンが指差した枝の隙間で、小さな鳥が羽根をはためかせた。

（黒い鳥？）

「おいで！」

森にはずっと、黒い鳥はいなかった。ユリアスが目を疑う隣で、リオンは小鳥を呼んでいる。小鳥は、ぱたぱたと下りてきて、リオンの肩にとまった。

「きのう、みつけたの。よんだら、ちゃんとくるんだよ」

小鳥は黒くなければコマドリに似ていた。高く囀りながら羽根を休め、リオンの指をくちばしでコツンとつつく。可愛い仕草だが、その目は赤みを帯びて禍々しく光った。

（グリフィス！）

魔獣族が小さな生きものに姿を変えるとき、その目は魔獣族特有の赤みを帯びる。小鳥の正体を見破ったユリアスは、リオンの肩の上を思い切りなぎ払った。

途端に黒い小鳥は羽根をはためかせ、二人の頭上に舞い上がる。その時、赤い目がぎらっと光った。

「ことりさん！」

リオンは可愛い声で叫ぶ。

「ユリアスさま、どうして？　ことりさん、にげちゃったよ！」

　羽ばたいて飛んでいく小鳥を追い、見えなくなると、リオンはユリアスを責めるように泣き顔で振り向いた。

「あの黒い鳥は、魔獣族の生き残りが化けたものだ」

「まじゅう？」

「この森を焼いて滅ぼした、私たち森の一族の仇だ。だから、リオンも近寄ってはだめだ！」

「まじゅうって、ぼく、おばあちゃんにおはなししてもらったことがあるよ」

　ユリアスの迫力に押されながらリオンは答える。ユリアスはリオンの手を先ほどとは違う強さで握りしめ、頭上を仰いだ。

（リオンの様子を探りにきたのか？）

　黒い小鳥の姿はもう見えない。緑の葉には浄化作用があって、悪しき者が近寄れば、生気が弱る。そのために魔獣は常緑の木を嫌う。それでもなお、グリフィスは葉が生い茂る枝の間に潜んでいたのだ。

　リオンの気を引くために……？

　ユリアスは背中に冷たい汗が伝うのを感じた。

（そうまでしてグリフィスは……）

グリフィスがリオンに向ける執着に身震いがする。それがなんのためなのかわからないことが、より、気味悪く感じられた。

ユリアスはリオンの手を引き、大きな歩幅で歩き出す。

「ユリアスさま、どうしたの？　ぼくもう、おこってないよ？　くろいことりさんとはもう、なかよしにならないよ。ねえ、ユリアスさま！」

「これからは庭に出る時も、私と一緒でなければだめだ」

小さな足で一生懸命についてくるリオンの声に被せ、ユリアスは上ずった声で言い放った。

「私と一緒でなければ、どこにも行かせない」

なんて自分本位な言い分だろう。ユリアスは今、一族の未来を担った王子の殻を脱ぎ捨て、ただの十五歳の少年に戻っていた。

胸を占めているのは、グリフィスに対する不審と敵対心、そして、リオンを誰にも渡したくないという思い。

これは独占欲だ。

まだ五歳の子どもに、こんな、胸が焼けるような思いを抱くなど――だが、今はっきりとわかった。

私は、リオンに恋している。この出会いが運命による導きであるというのなら、私はその波に身を委(ゆだ)ねよう。

リオンの手を強く握り、ユリアスは溺(おぼ)れるように思う。それは、とてつもなく甘美で背徳的な恋心だった。

そして――。


グリフィスがねぐらにしている洞窟に戻る途中、黒い小鳥の羽が、コウモリのそれに変わり始めた。

（術が解けてきやがった）

グリフィスは舌打ちをする。常緑の木に潜んでいたために、術が解けるのが早い。その上、生気を浄化され、体力も限界を訴えている。なんとか洞窟に帰り着いた時には、グリフィスは完全に、コウモリ型の魔獣族の姿に戻っていた。

（情けねえ……だが、こんな思いとも、しばらくすればおさらばだ）

グリフィスはにやりと笑う。その脳裏には、ユリアスに寄り添う、人の子どもの姿があった。――いや、あれはユリアスの方が離さないのか。

あの子どもの肩に止まった時に、服の隙間から背中に紋様があるのを見た。聞いたことがある。まだうなじを嚙まれていない人間のオメガには、黒い紋様があると。

（ユリアス、あの子どもは俺がもらう）

発情期を迎え、番をもつ前のオメガは、魔獣族にとっても価値がある。限られたその時期の間に交われば、魔力を増大させることができるのだ。

（あの子どもが発情するまで、十数年、待たねばならないがな）

コウモリの翼をたたみ、グリフィスは洞窟の石の隙間に足をかけてぶら下がる。

それまで眠って、魔力を蓄えることとしよう。オメガの花の匂いが、俺を目覚めさせてくれる。

おまえは何も知らないだろう、ユリアス——グリフィスは、ほくそ笑んだ。

3

「うーん……」

閉じたまぶたの中に、きらきらした光が流れ込んでくる。そのまぶしさに抵抗するように、リオンは寝返りを打った。

（あったかい……）

シーツの上で反転したそこには、心地よい体温があった。リオンはまどろみながら、甘えるように、その名を呟く。

「ユリアスさま……」

「ほら、もう起きろ、ユリアス」

だが、上掛けがめくられ、現実的な声がリオンを眠りの国から連れ戻す。渋々と片目を開けたら、ユリアスの不思議な琥珀色の目が見下ろしていた。

「おはよう！　ユリアスさま！」

リオンはぱっと飛び起きて、ユリアスに抱きつく。リオンの身体を受け止めたユリアスは、少し困ったような顔をする。

「昨夜、またベッドに潜り込んできただろう？　もう、そういうことはしてはいけないと言ったはずだ」

「だって、ユリアスさまと一緒に寝たかったんだもの」

リオンは唇を尖らせる。こうして意見すると、ユリアスは決まって、噛んで含めるように言うのだ。

「いつまでも子どもじゃないだろう」

いつ頃からだったか、ユリアスはリオンと一緒に寝てくれなくなった。

どうしてと聞けば、もう子どもじゃないだろうとそればかり。ぼくはそんなの納得できないよ。リオンはずっとそう言い続けている。

だって、ずっと同じベッドで寝ていたのに……だから、リオンはこうして、時々実力行使に出るのだった。

リオンがユリアスに出会ってから、十三年の時が過ぎようとしていた。

その月日は、リオンを子どもから少年へ、そして大人と少年の狭間の危うい年齢へと成長させ、ユリアスを儚げな少年から、美しく逞しい男へと変貌させた。ユリアスを見ていて、リオンは時々、あれっと思うことがある。

――ユリアスさまって、こんなにがっしりとしてたっけ？

豊かな金髪はますますその美しさを増し、端整な顔を彩って、背中までふさふさと流れている。琥珀色の目には、以前には見えなかった炎のような煌めきがうかがえる。

優しいだけではないその煌めきをなんと呼んでいいのか、リオンにはわからない。だが、目を細めて微笑む時の優しい表情は昔のままだ。彼の雰囲気がどう変わろうと、リオンにとって「大好きなユリアスさま」であることは変わらなかった。

一方、リオンは、城の皆から「日ごとにおきれいになられますね」と、感嘆の言葉を向けられるようになっていた。

きれいってどういうこと？

ユリアスに訊ねると、彼はなぜだか、やっぱり少し困ったような顔をする。

「美しいということだ」

「ぼくが？」

リオンは驚いてしまう。

「美しいのはユリアスさまだよ。ぼくはいつまでたっても痩せっぽちだし、顔だって青白いし、髪だって、みんなみたいに波打ってないもの」

五歳からずっと森の城の中だけで暮らしてきたリオンは、容姿を褒められても自覚できない。

　この十数年間、城に暮らす以外の人には会ったことがない。そんなリオンからすれば、ユリアスほど豪華ではないけれど、波打つ豊かな髪をもつ城の皆の方が素敵に思えるのだ。

　ゆるくカールした亜麻色の髪が、ふわりとリオンの頰を撫でる。

　あまり外に出ないせいか、子どもの時よりも、肌は抜けるように白い。だから、小さな顔の中で黒い瞳と赤い唇がとても映えている。

「いや……リオンは美しい」

　そう言ったユリアスの顔が、淋しそうに見えた。はっとして、リオンは子どもの頃によくそうしたように、ユリアスの膝に頭を乗せて、手のひらを頰にすりすりした。ユリアスの手は大きく、関節も太くなったけれど、その温かさはずっと変わらない。

「どうしたの、ユリアスさま？」

　リオンは心配で翳った黒い目で、ユリアスを見上げる。

「ぼくがきれいだったら、哀しいの？」

「……っ、どうしてそんなことを思うのだ？」

　訊ねられ、動揺が隠し切れていないユリアスの顔を、リオンはじっと見つめる。

　——なんでそんな顔をするの？

「だって、すごく淋しそうだったから」

十数年間、閉ざされた森の中で、リオンはユリアスが全てだった。

命を救い、住むところや食べ物、衣服を与え、読み書きも教えてくれた。リオンの世界はユリアスのいる場所だった。

そこは温かくて居心地がよく、リオンは城の外に出たいと思ったこともない。一生、他の誰と出会えなくても、ユリアスさまがいればいい。リオンはそんなふうに思っていた。

もちろん、城のみんなのことは大好きだ。でも、上手く言えないけれど、それはユリアスさまを好きな気持ちとは違うんだ……。

「私のことを心配するようになるとは、リオンも大きくなったものだ」

「もう、子ども扱いしないでよ。ぼくだってもう、十八歳なんだからね」

はぐらかされたことにも気づかず、リオンは唇を尖らせる。その表情は、子どもの時と同じようでいて違う。だが、リオン自身、そのことに気づいてはいない。ユリアスは、ふっと目を伏せた。

「いや、おまえは子どもだよ……まだまだな」

言いながら、ユリアスはリオンの身体を起こし、はだけた夜着の胸元を直している。子どもにするようなその仕草に、リオンは腹を立てた。

「ユリアスさまってば……そんなの、自分でできるよ！」

（ぼくは、早く大きくなりたかったのに……そうしたら、ユリアスさまに少しでも近づけるって……）

他の世界を知らず、人を知らず、真綿にくるまれて、それこそ負の感情も知らず、何不自由なく育ったリオンだが、漠然と、ユリアスと自分との年の差に不安を感じていた。

一緒に寝てくれなくなった。頬ずりをしてくれなくなった。そのたびに置いていかれるような気がして、リオンはリオンなりに焦っていた。

（だから、早く大きくなりたかったんだ）

だが、ユリアスはふくれっつらのリオンの頬を指でつついて笑った。

「そうやってふくれて、ベッドに潜り込んできたり、膝に頭を乗せたり、まだまだ子どもの証拠だな」

あれ？　リオンの胸を違和感が掠める。

ユリアスさま、さっきは、いつまでも子どもじゃないんだからって言ったのに、今は、まだまだ子どもだって……。

どういうこと？

ユリアスは物静かな風情の中でも、言うことははっきりしていて曇りがない。初めて感じた彼らしくない曖昧さに、リオンは戸惑う。

なぜだか、妙に胸がざわざわした。だが、リオンは胸に芽生えた、その懸念を上手く言葉にすることができなかった。言葉を探していると、ユリアスはリオンの頭の上に、ぽんと手を置いた。

「何をそんなに、難しい顔をしている」

そうして、前髪の生え際から、柔らかく髪を梳かれる。

「いいんだよ……。おまえはそのままで。そんなに早く大人になるな……着替えてくる」

取ってつけたようにそう言って、ユリアスは夜着の上にガウンをまとい、衣装部屋へと消えていく。ベッドの上に取り残されたリオンは、釈然としない思いを抱えていた。

ユリアスさまの言葉は、ぼくをすり抜けていってしまう……じゃあ、いったい誰に語りかけているの？　それじゃまるで、自分に言い聞かせてるみたいだよ……。

淋しいな、とリオンは思った。

＊＊＊

「あら、リオン、なんだか顔色が悪いわね」

「うん、起きた時から頭が熱いんだ」

朝食の席でアルマに言われ、リオンは自分の額に手のひらを当てた。

昨夜、ユリアスは遅くまで本を読んでいたので、リオンは仕方なく自分のベッドでひとりで寝た。

『遅くまで調べ物をしなければならないから、先に寝ろ』

すげなく言われ、その口調の突き放された感じに、リオンはひとり傷ついた。そして『もういいよっ』と言い返し、意地を張ってしまったのだ。

そのあとは、どうしてあんな態度を取ってしまったんだろうと反省したり、ユリアスの口調を思い出しては哀しくなったり、悶々（もんもん）としているうちに眠り込んでしまった。そして、彼もゆっくりと寝ているのか、朝食のテーブルにユリアスの姿はない。

「それはよくないわね。あとで冷たい布と水を持っていくから、早めに休んだ方がいいわ。ユリアスさまに……」

「ユリアスさまには言わなくていいよ！」

　思わず大きな声が出て、アルマを驚かせてしまった。拒絶された昨日の今日で、ユリアスに対して、まだ素直になれなかったのだ。リオンは急いで取り繕う。

「ほら、心配かけちゃいけないから。ユリアスさまって、ぼくが具合悪くなったら大騒ぎするでしょう？」

「でも……」

「少し寝たら治るから。ほら、ぼくだってイルザと同じくらいでもう大人なんだし、大丈夫だよ」

　子どもの頃からの遊び友だちのイルザは、父のベイリーを手伝い、城の管理などを任されて働いている。

　リオンと同じように短かったくせっ毛は今やふさふさと波打ち、髪の色も父親と同じように赤茶へと変わってきている。その姿を見るたびに、リオンは感心するとともに、イルザもまた、遠くへ行ってしまったように感じていた。

「ごちそうさま。ごめんね、少し残しちゃった」

「そんなことは気にしないで。すぐに冷たいものを持っていくわね」

でも、アルマはきっとユリアスさまに言うに違いない……頭に続き、怠く重くなってきた身体を引きずるようにして、リオンは自分のベッドに潜り込んだ。

アルマが持ってきてくれた冷たい布で頭を冷やしたら少し気分はよくなったが、身体の怠さは抜けない。

（風邪、ひいたのかなあ……）

具合が悪くなると、無性に、ひとりでいることが淋しくなる。

この思いは、まだユリアスと出会う前、リオンが家族と暮らしていた頃の古い記憶にも結びつく。だが、それは封印した哀しい記憶の中にある。揺り動かされるのが辛くて、リオンはさらに弱気になった。

（ユリアスさま……側にいてほしいよ）

心の中でユリアスの名を呟いた時、リオンの胸に、一瞬、焼けつくような痛みが走った。

（なに？）

それは、刹那といってもいいほどの一瞬の痛みだった。だがそれは、リオンの胸にはっきり火傷となって残った。

（え……？）

そして、追い打ちをかけるように、身体のあらぬ部分が急激に熱くなる。リオンの、男である証の部分だ。

（どうして？）

初めてこうなった時、病気になってしまったのかと思って、とても怖かった。その対処法を教えてくれたのはもちろんユリアスで、病気じゃないからと抱きしめてくれた。だが、

『私は部屋の外に出ているから、自分でやってごらん。すぐに治まるから』

そう言って、ユリアスは側にいてくれなかった。

それから、あまりこういうことは起こらない。だが、あの時ひとりにされたことで、誰でも経験することだからと言われても、リオンはこの現象に負の感情を抱いてしまう。ユリアスさまが側にいてくれなかった。そのことが、何かとても悪いことのように思えるのだ。

それまでずっと一緒だった部屋を分けられたのも、あの頃だったかもしれない。だからよけいに……。

（いやだ……）

早く治まれ……ユリアスの名を呼んでこうなったことが、いつにも増して悪いことのように思える。

治まるどころか、それはだんだん熱く固く育ってくる。治まらないなら、さっさと終わらせてしまおう。リオンは仕方なく、既に反り返っているそこに手を伸ばして指を触れさせた。

「あ……っ」

触れたとたん、何かが背中をぞわっと這い上がり、思わず指を跳ねさせてしまった。だが、それはいつものように負の感覚ではない。初めて経験する感覚だった。

何？　なんなの？　今のは何？

戸惑ったリオンは、もう一度確かめようとして、そろそろと指を伸ばす。指先が今にも触れようとした、その時だった。

「リオン」

扉越しにユリアスの声がした。伸ばしていた指を、リオンは反射的に引っ込める。

「具合が悪いのか？」

それは心配を感じさせる優しい声だったが、ここ最近、ユリアスに関して抱いていたもどかしさ、そして今のこの状況全てがリオンを混乱させ、意地を張らせた。

「来ないで！」

「リオン？」

「大丈夫だから」

「リオン」

「大丈夫だったら！」

ユリアスに、拒絶するような言葉をぶつけたことなどない。

リオンは自分に驚いていたが、ユリアスもまたそうだったのだろう。しばらく、彼の声は返ってこなかった。

ほんの一瞬にも、とても長い時間にも思える沈黙のあと、ややあって、ユリアスは戸惑いを含んだ、だが、とても優しい声で呼びかけてきた。

「……昨夜はあんな言い方をして悪かった。それが言いたかったんだ。……では、ゆっくりとお休み」

上掛けの中で丸まったまま、リオンはその声を聞いていた。兆していたところも、いつしか元に戻っていた。ユリアスの足音が、だんだん遠ざかっていく。

どれくらい、そうしてしていただろう。

（ユリアスさま！）

急にたまらなくなって、リオンはベッドから飛び下りてユリアスのあとを追った。身体が熱っぽかったことなど、忘れていた。

意地を張った。

本当は、昨夜からずっと、ユリアスさまの顔が見たくてたまらなかったのに――だから謝らなくちゃ。悪いのは、ユリアスさまの言うことを聞こうとしなかった、ぼくなんだって。

「ユリアスさま！」

お行儀も忘れて、リオンはユリアスの部屋に飛び込む。だが、そこに彼の姿はない。

（どこ……？）

泣きそうになりながら部屋を見回す。すると、湯浴みの場の方から物音が聞こえた。

（ユリアスさま？）

弾かれたように、リオンはその方向へと身体を翻す。とにかく、早く顔が見たかった。

ユリアスの部屋から続くその場所で、子どもの頃は一緒に湯浴みをしたものだ。湯上が

りに飲むぶどう水が大好きだった。だが、それもいつからか、しなくなっていた。

『もう、ひとりでできるだろう？』

そう言って、ユリアスがリオンを遠ざけたのだ。

ひとりでぶどう水を飲んだって美味しくない。ユリアスさまが側にいてくれたからこそ、幸せな時間だったのに。

衝立が少し傾いていた。

逸る心で近寄ったリオンは、その場から動けなくなった。衝立の隙間から見えた光景に、足を縫い止められてしまったのだ。

ユリアスが上半身の衣服を脱ぎ、身を拭き清めていた。

逞しく隆起した筋肉をまとった、逆三角形の胸や肩。これは、本当にユリアスさまなのだろうか。

確かに、こんなにがっしりしていただろうかとは思っていた。だが、これほどだったなんて思いもしなかった――。

逞しくありながら、金髪が波打つ合間から肩甲骨がくっきりと浮き出る背中や、隆起していても滑らかな胸板は美しく目を奪われる。

（ぼくは、ずっとあの胸に縋ってきたの？　あの胸に顔を埋めて、甘えて……）

顔に、かあっと熱が集まる。それでも彼を見つめることをやめられない。

（野獣神みたいだ……）

リオンは神話の本を思い出す。遙か昔、この世界を切り拓いたという神の姿だ。まだ家族と暮らしていた頃、その挿絵が好きで——母はいい顔をしなかったけれど——なんて素敵なんだろうと思っていた。

だが、今はそれだけの言葉では済まないのだ。

見ていたら胸がどきどきして苦しくなるのに、目が離せない。ひざまずき、衣服の裾にくちづけたくなるような崇高さを感じるのに、男らしい艶が惜しげもなく発散されて、逃げられないのだ。

リオンはその思いを表現する言葉をもたなかった。

誰か教えて。この苦しい気持ちに名前をつけて。そうしないとぼくは、ぼくはもう——。

胸に込み上げるものが許容範囲を超えて、あふれそうな感覚があった。リオンは胸をぎゅっと掴んで踵を返し、自分の部屋へと逃げ帰る。だが、その途中にまた、あの熱い疼きが襲ってきた。

（嘘だ……）

身体は、簡単に自分を裏切っていた。先ほど感じたよりも、ずっと切羽詰まった疼きに襲われる。再び、信じられないほどに熱く固く育とうとしている自分のものに、リオンは恐怖心すら覚えた。

（だめ、まって、だめ……）

帰り着いた部屋の扉をばたんと閉めると、一瞬気を緩めてしまったためか、突然、疼きが弾け飛んだ。目も眩むような未知の感覚に溺れるように、リオンは成す術もなくその場にくずおれる。

「あ……あ……っ、だめ……」

衣服の上から押さえようとした手のひらの圧を嗤うかのように、射精は止まらない。

「……っ、や、あ……」

身体から汗がどっと噴き出す。勝手に痙攣する腰が恥ずかしいのに、止まないでほしいと思ってしまう。

「ユリアス……さまっ……！」

何か考えるよりも先に、リオンはその名を呼んでいた。ユリアスの名を呼ぶ自分の声を聞いたら、射精する屹立はさらにぶるっと震え、歓喜するように白濁を噴き出した。

なぜ？　どうして？　触ってもいないのに、こんなに……。

だが、これが欲情なのだとリオンに教えてくれる者はいなかった。射精が終わったリオンはただ、この場にユリアスがいなくてよかったと、それだけを安堵する。

（ユリアスさまを見て、こんなになるなんて……おかしい。おかしいよリオン……それに、名前を呼んでしまうなんて……）

「着替えなくちゃ……」

だが、立ち上がることができない。床を這うようにしてベッドにたどり着くと、リオンはシーツをかき寄せて顔を埋めた。

今まで、ユリアスさまがいなくてよかったなんて思ったことないのに。さっきまで、あんなに顔が見たくてたまらなかったのに。

（ぼくの身体……変だ。いったい何が起きているの？）

考えれば考えるほど怖かった。こんなこと、ユリアスさまにも相談できない。相談どころか、秘密ができてしまった。

だが、これは、後に訪れる嵐のプレリュードに過ぎないのだと、この時のリオンは知る由もなかった。

＊＊＊

ベイリーとアルマの息子のイルザは、リオンの幼なじみだ。

ユリアスがいない時、リオンは、いつもイルザと過ごしていた。城の中だけだったけれど、やんちゃなイルザはユリアスを外へ連れ出しては、木に登ったり、ボートを漕いだりなどの色々な遊びを教えてくれた。それは、ユリアスが教えてくれるものとは違っていたけれど、リオンは同年代のイルザと遊ぶひとときも好きだった。

イルザがベイリーの仕事を手伝うようになってからは、以前のように過ごすことはなくなっていったが、城の中で顔を合わせると、彼はいつも茶色い目で人懐っこく笑いかけてくれる。

今日もそうだった。

「なんだか冴えない顔色だな」

リオンがアルマのところで昼食をとっていたら、きちんと服装を整えたイルザが帰ってきた。

カラーの高い白いシャツと、黒地に金糸で刺繍（ししゅう）された上着を着た幼なじみは、とても立派にみえて、（わあ……！）と心の中で感嘆しながら、リオンは答えた。

「えっ、そんなことないよ」

ここ最近、倦怠（けんたい）感は退（ひ）いていたものの、ユリアスを意識してしまって、前のように無邪気に接することができないのが気詰まりだった。しかも、何かにつけ素直になれなくて意地を張ってしまう。身体のことも不安なまま……。久しぶりに話したイルザに心配をかけたくなくて、リオンはとっさに笑顔をつくった。

「それよりも、その格好、すごく似合ってるね」

「そうか？」

褒められて、イルザは照れたように笑った。

「まだしっくりこないけど、確かに気持ちは引き締まるな」

そう言って、上着の裾をぴんと引っ張る。

（しっかりお仕事してるんだな）

イルザはぼくよりも早く大人になったんだな。やっぱり相談してみようかな……身体のことか。

考えて、リオンはすぐにその考えを打ち消す。ユリアスの顔が頭に浮かんで、やっぱりそんなことはできないと思う。できるはずがない。

「ほら、また眉がぎゅってなってるぞ」

リオンの表情の変化をイルザは即座に指摘する。そして「よし」とうなずいた。

「俺、今日はもう仕事終わったんだ。久しぶりにボートに乗せてやる」

「ほんと？」

「……まあ、ユリアスさまが許してくれたらだけど」

「そんなの、大丈夫だよ」

少し投げやりなリオンの答えに、イルザは一瞬、訝しげな顔をした。

「おまえ、ユリアスさまと何かあったのか？」

「別に」

「……」

どうしてイルザは黙ってしまったんだろう。だが、すぐに「じゃあ、あとで迎えに行く」と言われ、リオンの小さな違和感は、置き去りのままになってしまった。

（ユリアスさまのことを〝そんなの〟って、ぼくはどうして……）

自分の言ったことが信じられなくて、リオンはしばし考え込んでいた。ボートに乗り込んで、泉の上からユリアスの部屋を見上げると、窓枠にもたれて本を読んでいるユリアスの横顔がうかがえた。

（今日も読書か……）

ふっと心に淋しさが差し込む。ユリアスに対してのもやもやした思いを抱え込んでしまっているリオンだが、ユリアスもまた何か言いたげだった。もっとも、彼が何か言おうとするたびに、そこから逃げ出してばかりいるのだが。

（ずうっと、子どもの頃のまま、何も変わらないと思ってたんだけどな……）

こんな日がくるなんて……だが、水面にきらきらと揺れる葉の影や高い青空、心地よい風は、萎（しぼ）んでいたリオンの心を和ませてくれた。年中、うっそうと暗い森の中で、泉が湧き、常緑の木が残る庭園だけが、新鮮な空気を吸うことができる。

（ここにユリアスさまもいればいいのに）

心が癒やされれば癒やされるほどに、このひとときをユリアスと共有したいと思う。気晴らししようと思いながら、結局はユリアスのことを考えている。

「なあ、おまえ……」

イルザに話しかけられ、リオンはふっと顔を上げた。イルザの茶色い瞳が、じっとこちらを見ている。

「なに？」

「いや……やっぱりいい」

イルザは急に言葉をしまい込み、櫂(かい)を握る自分の手に視線を落とした。その様子に、何か言わなくてはいけないような気がして、少しの沈黙のあとで、リオンは「ありがとうね」と笑いかけた。

「ボートに誘ってくれて。なんだか気持ちが落ち着いたよ」

「……何か悩んでたのか？」

「悩みっていうか……」

これは悩みなのかな。それすらわからないでいることに、リオンは気づく。そのまま黙ってしまっていたら、ドンと鈍い音がして、ボートが荒々しく岸につけられた。その拍子に身体がよろけ、リオンはイルザの腕に抱き留められた。

「あ、ありがとう」

リオンは身体を退こうとした。だが、すかさず手首を掴まれ、再び腕の中に囚(とら)われてしまう。

「もう大丈夫だから、離して……」

驚いたリオンは訴えた。だが、今まで見たことのない切羽詰まった表情で見つめられる。いつもと違うイルザにリオンの中で警鐘が鳴り、リオンはとっさにイルザの腕の中から逃れようとしたが、無駄な抵抗に終わった。

「おまえ、好きなやつはいるのか？」

腰をぐっと引き寄せられ、ぎらぎらした目で問われる。リオンは尚も、「離して」と抗（あらが）った。

（好きな人？）

問われて心がびくんと跳ねる。心に浮かんだのは、豊かな金髪を波打たせた、自分を育ててくれた男の横顔だった。

頭の天辺から爪先（つまさき）まで、まるで雷に打たれたように、リオンの身体の中を何かが一気に駆け抜ける。

好きな人って――。

心で発した言葉が、身体の中で幾重にも反響する。だが、リオンは言葉を濁した。

「好きな人って、そんなのぼくは――」

「おまえ、やっぱりユリアスさまが好きなのか」

イルザの目は、先ほどよりもさらにぎらぎらと光を放って、リオンを貫いてくる。口調には、明らかに怒りが感じ取れた。

違う、いつものイルザじゃない。恐れを感じてリオンが何も言えないでいると、イルザはさらに顔を近づけてきた。

「俺は、おまえのことがずっと好きだったんだ。ユリアスさまには渡さない！」

「イルザ……っ」

嫌だ、ユリアスさまじゃない人に触られたくない。リオンは歯をくいしばって顔を背けた。

「ユリアスさまにはもう抱かれたのか？　こんなふうに触られたのか？」

シャツの上から、イルザの手がリオンの胸に触れようとしていた。

リオンは力を込めて幼なじみの身体を押し退ける。だが、簡単に囚えられてしまう。イルザも、いつの間にこんなに力が強くなったのだろう。攻防を繰り返すうちに、揺れるボートの中に水が入り込んできた。足を滑らせたリオンは体勢を崩し、完全に追い詰められてしまった。

「リオン」

低い、怒りを堪えた声に名前を呼ばれ、リオンははっと顔を上げた。リオンの腰を抱いていたイルザも同様だった。

「何をしている」

「あ、あの……」

ユリアスの厳しい表情に圧(お)され、リオンは言葉に詰まる。

「イルザ、リオンを離しなさい」

矛先を向けられたイルザは表情を強張らせ、リオンの身体から手を離す。

大きい声を出すでもなく、口調を荒らげるでもなく、それが却(かえ)って、普段は穏やかなユリアスの怒りを際立たせていた。

「リオン、こちらへ」

「は、はい」

リオンはユリアスの伸ばした手にいざなわれ、岸に降り立つ。次の瞬間には、ユリアスの胸に引き寄せられていた。

そのまま、リオンはユリアスに囚われてイルザに背を向ける格好になった。だが、背中の向こうで、イルザが感情を昂(たか)ぶらせていることを感じずにはいられなかった。

ユリアスを怒らせ、イルザも怒らせた。

そのことがひたすらに罪深く思え、リオンは自分自身を責めた。強く肩に置かれたユリアスの手が震えているのは怒りのせいだろうか。だが、それは決して、リオンの気のせいではなかった。

「ごめんなさい……」

「何を謝っている」

「だって……」

「リオンが謝ることではない」

ユリアスの答えはリオンの想像を超えていた。リオンが見上げると、ユリアスは前を向いたままで答えた。

「おまえは何も悪くない」

――それなら、どうして怒っているの？

だが、訊ねることはできなかった。ただ、肩から伝わるユリアスの体温が身体の中に流れ込んでくるような感覚に襲われて、リオンはまた戸惑っていた。

それに、周囲に漂う、この甘い花のような香りはなんだろう？

二人を見下ろす高い木の、頂点の枝に、コウモリがぶら下がっていた。そのことを知らないままに、リオンとユリアスは城の中へと入っていった。

＊＊＊

リオンを部屋に送り届け、ユリアスは自室に戻った。

萎縮していたリオンは、ずっと不安そうに黒い目を翳らせていた。許しを乞うような目を見て、そうさせているのは自分なのだと思うと、ユリアスは自分が腹立たしかった。

リオンは何も悪くない。ただ、幼なじみと一緒にいて、一方的に迫られていただけだ。

わかっていても、リオンが他の男の腕の中にいたことが、ユリアスを苛んでいる。

（これは嫉妬だ）

リオンは私のもので、私はリオンのものだ。幼い頃からリオンをただ一心に見つめてきたのは私だ。強い独占欲が頭をもたげている。

本当は、昔のように優しく包み込んで、不安を和らげてやりたかったし、笑いかけてやりたかった。いや、他の男に触れられたリオンを、すぐにも、強く抱きしめたかった。だが、どちらもできなかったのだ。

リオンから、甘い花のような香りが漂っていた。そのことが、自分を踏みとどまらせた。

(発情が近くなっている……)

今、この香りに流されてしまったら、きっと発情を待てずにリオンを抱いてしまうだろう。

——リオンにオメガの身体やアルファとの関係について、何も教えずにここまで来てしまったのは、他ならない自分なのに。

ユリアスは、先日のベイリーとのやり取りを苦々しく思い出していた。

「何度申し上げればわかっていただけるのですか」

ベイリーは主であるユリアスに対し、もはや苛立ちを隠そうともしない。指でコツコツとテーブルを叩いては、ため息をつく。

「リオンは十八になりました。いつ発情を迎えてもおかしくない。ユリアスさまが、あの子が発情を迎えるまではと仰ったから、私たちは十年以上も待ったのです。それなのに」

ベイリーはまくし立てた。

どうしてユリアスに手をつけないのか。オメガは身体ごと愛される悦びを知ることにより、アルファから離れられなくなるという。早くリオンをあなたのものにしてしまいなさい。お父上やお母上の無念を忘れたのですか？　自分は何があっても森の一族を守っていくのだと言われたではないですか……。

「いっそ、薬師の梟に、発情を早める薬を調合するように命じて……」

「もうやめてくれ！」

ついに我慢ができなくなって、ユリアスは言い放った。その迫力で、テーブルに置かれたお茶のカップがカタカタと音を立てる。

「リオンは我らの呪いを解くための道具ではない。私は、彼が自然に目覚めるのを待つ。強引に奪ったりしたら、愛されるどころか憎まれるかもしれない。私は、同じ足並みでリオンをゆっくりと育んでいきたいのだ」

「もう十分にゆっくりとされたではないですか」

ベイリーも負けてはいない。皮肉で応酬してくる。

「私にはわかりません。一族の呪いを解いて森を復興させること以外に、大切なことなどあるのでしょうか。いったい、どうしてそんなにリオンのことを大切にしようとなさるのですか」

「……ベイリー、おまえは、自分よりも相手の命を大切に思うような、そんな恋をしたことはあるか？」

ただそこにいて、笑っていてくれることが至上の喜び。そのためには、どんな試練も惜しまない。

私にとっての試練は、リオンを一方的に自分のものにしないことだ――ああ、そうだったのか、とユリアスは苦笑する。

「何を笑っておられるのです」

ベイリーは不機嫌そうに答えた。

「恋ではないですが、私にも命に代えても守りたいものがありますよ。それこそが家族であり、我ら一族です」

ここから先は不毛なやり取りだ。オメガのリオンがユリアスに愛の言葉を告げ、くちづけをする。子を成す。その答えに向かって、ぐるぐる回り続けるだけだ。

「私はリオンに愛されて、呪いを解く。一族は必ず守る。父上の無念を晴らす。だから、私を信じて、どうか黙って見ていてくれ……」

頼むからと、ユリアスはベイリーの手を取った。

「……そんな子どもの頃のような目をされては、何も言えなくなりますね」

ベイリーは、ふっと表情を緩ませた。だが、すぐに真剣な表情でユリアスを見据える。

「あなたは本当に、あの十も年下の、人のオメガに恋をしているのですね」

ユリアスは答えなかった。恋をしている。ただ、その言葉が胸を甘く疼かせる。

ベイリーもそれ以上を言わず、部屋を出ていった。


(ベイリーに言い当てられてしまうとはな)

ユリアスは苦笑した。幼い頃から見守ってきたリオン。私が見つけ、私が育てた。そして今、花が開くように、美しく無垢な青年となった。

だが、閉鎖された世界ではあっても、そんなリオンに惹かれ、愛したい、交わりたいと思う者が必ずや出現する。いつまでも、二人だけの庭で過ごすことはできないのだ。ユリアスは今日、その現実を目の当たりにしたのだった。

イルザは立派な青年だ。ベイリーの息子だけあって、頭が切れて責任感も強い。自分が単にリオンの養い親であるなら、彼らの結びつきを喜んだだろう。

（だが、私はイルザにリオンを渡すことはできない。イルザ以外の誰であっても）

私はリオンを愛している。出会った十年前に、幼いリオンに対して抱いた危うい思いも、今ならばすべて肯定できる。そして、リオンに『オメガ』のことを何も教えずに来てしまったことも。

（いや、これは言い訳か）

ユリアスは髪をかきあげた。そして戸棚から緑色の瓶を取り出し、カップになみなみと注ぐ。野獣族に伝わる、山葡萄を発酵させた強い酒だ。その酒を、ユリアスは勢いよく呷った。

この酒が、アルファの欲情を抑える作用があるのだと父に教えられたのは、いつのことだったか。

ユリアスは思い出をたどる。

──よいか、ユリアス。おまえは我ら一族にもたらされた誇るべきアルファだ。アルファが子を成す力は強い。おまえは多くの子を成して、一族を繁栄させ、守り抜いていく責がある。

番として最も相性が良いのは人のオメガだが、これは、巡り会うのは時の運といえよう。それゆえに、アルファは求めても得られないオメガを思い、湧き上がる欲情を抑えねばならない時がくる。その時には、この酒を飲むのだ。昂ぶった欲を抑える作用がある。

酒なのに？　ユリアスは思った。酒は、欲を高めるものではないの？

——いかにもその通りだが、この酒は違う。もっとも、アルファでない者には作用せぬから、効果のほどは私にもわからぬが。

そして今、求めても得られないオメガを思い、この酒を飲んでいる。父の話と違うのは、そのオメガが、いつも近くにいるということだ。そして父は、さらにひと言をつけ加えた。

——もしオメガに出会えたとしたら、そのオメガの発情期が近づくにつれ、酒の効果は薄らいでいくらしい。

——発情期って？

——アルファとオメガが結びつくために、オメガの身体が最も生殖に適した状態になる時期のことだ。その状態のオメガは花の香を放ち、目も眩むほどに妖艶かつ淫靡で、アルファが抗うことはできぬと聞いている。

——そのオメガと愛し合っているならいいけど、愛してもいないのにそんな状態になってしまうのは嫌です。

潔癖な少年らしいユリアスの言葉を、父は微笑みながら聞いていた。あの時、父は何を思って微笑んでいたのだろう。

幼いリオンに危うい感情を抱きながら、そんな自分を認められずにいた。

リオンにそのような生々しいことを告げれば、そして、欲望の目を向ければ、リオンを汚してしまうような気がしていた。

危うい光を放つ、可愛くて愛(いと)しい、大切な、大切なもの――ましてや、おまえは一族の呪いを解く切り札だなどと、言えるわけがなかった。

（私は、リオンを私の中に閉じ込めておきたかったのかもしれない）

だから、発情期のことも教えてこなかった。自分が、生々しい欲望をリオンに向ける日がくるのが怖かった。

（笑えるほどに、私はわがままな子どもではないか）

リオンは花開き、心も身体も目覚めていく。いつまでも私の中に閉じ込めておくことなどできない。その日は確実に近づいている。

兄のように思っていた男に欲望を向けられて、リオンはなんと思うだろう。傷つき、失望するだろうか。そして――。

ユリアスは深く息をついた。ここからが、最も怖(おそ)れる局面だった。

（もし、リオンが私を受け入れて、愛の言葉とくちづけをくれたとしても）

呪いが解けたあとの私を見ても、リオンは変わらず『愛している』と言ってくれるだろうか。

「はは……」

自問ばかりの自分に、ユリアスは嫌気が差していた。

私は誇り高い森の王の末裔だ。もう逃げはしない。受け入れられようと、拒絶されようと、私はリオンを愛して守り抜く。

ふたたび金髪をかきあげ、ユリアスは琥珀色の目を煌めかせた。

*

（ユリアスさま、すごく怒ってた……）

イルザと離れて部屋へ戻る間、ユリアスはひと言も口を利かなかった。そして、リオンを部屋へ入れるや否や、立ち去ってしまったのだ。

これまでなら、無邪気に「なんで行っちゃうの？」と、彼の背中に抱きついただろう。

だが、もうそんなことはできない。彼をひとりの男として意識してしまったから……。

（不思議だな。誰からもこの気持ちがなんなのか教えてもらわなかったのに、ちゃんと知ってるんだ）

この、胸をぎゅっと絞られるような痛み、その人の側にいたい。その人じゃなくちゃだめなんだという願い。

「好き……」

その言葉を呟くと、胸が痛くなる。そして身体の奥底が疼くのだ。

そこに何かがある。自己主張をするように、やがて疼きとともに熱くなる何かが。

好きだって思うと、どうして身体がこんなふうになるんだろう。ユリアスさまはいろんなことを教えてくれたけれど、こんな気持ちや身体のことは教えてくれなかった。

（どうして？）

でも、ユリアスさまのことだから、きっと考えがあるんだ。それに、ユリアスさまは一度も、オメガは汚らわしいとか、災いを連れてくるなんて言わなかった。それどころか、捨てられたぼくをここへ置いてくれた。最初、オメガという言葉を知らないと言ったのも、ぼくを気遣ってのことだろう。

リオンは、ユリアスのもとへ来る前の記憶を振り返る。

オメガだとわかった五歳の誕生日。あの日、自分を連れ出した男たちに投げつけられた言葉の数々、『産まなければよかったのよ』と言った母。

それはすべて、リオンの心の中に暗い影を落としている。

ぼくはけがらわしいの？　ぼくがいると、おとうさんやおかあさんはつかまっちゃうの？

傷ついた五歳の子どもは、今もリオンの中に生きている。思い出すのはやっぱり辛くて、リオンはぎゅっと目を閉じ、記憶の残像を追い出した。

そして、心を落ち着かせるように、ゆっくりと自分に語りかける。

（ぼくは、ユリアスさまと暮らした時間の方を信じる）

そう思ったら、暗闇の中に光が差し込んだような気がした。その光はだんだんと強くなり、やがて、リオンの心を照らす。

（なんだ……）

とても当たり前なことだったんだ。リオンは閉じていた目を静かに開けた。

ぼくはユリアスさまが好きだから、ユリアスさまの全てを信じるんだ。それでいいんだ……。

記憶に傷つけられていた心は、ふわりと軽くなっていた。答えを見出し、ほっとしたリオンは、この時初めて、灯りもつけずに暗い部屋の中にいたことに気がついた。

（暗いところが怖くて、いつもユリアスさまにしがみついてたのに）

可笑しくなって、リオンは微笑みながらランプに手を伸ばす。その時、薄暗がりの中、扉の前で黒い影が動いた。驚いて、リオンは思わず声を上げる。

「イルザ？」

扉の前で、イルザがゆらりと身体を動かす。だが、薄暗がりの中に佇んだまま、それ以上リオンに近寄ってこようとはしなかった。

扉が開いた気配はしなかった。いつ、どうしてこの部屋に入ってきたのだろう。

「さっきはよけいな邪魔が入ったからな」

イルザは前置きもなしに言った。

「俺の問いに答えてもらおうか？」

冷たい声が、リオンの背筋を凍らせる。

「俺のものになれ、リオン」

イルザはいつも、熱を発散しているような元気な男だ。声だってそうだった。それに、イルザは少々強引ではあっても、こんなに高圧的な言い方はしない……。

リオンの胸に大きな違和感が広がる。それまで暗闇にいたイルザは、近寄ってリオンの手首を捉えようとした。その腕を、リオンは思い切り振り払う。

「あの時は言えなかったけど、ぼくには好きなひとがいるから、イルザの気持ちは受け取れない」

「ユリアスか」

イルザは憎々しげに主を呼び捨てにした。

おかしい。いつものイルザじゃない。

目の前にいる幼なじみの変容に、リオンは恐怖を抱き始める。それほどに大きすぎる違和感だった。だが、圧されてはならないと、精いっぱいに対峙する。しっかりと意志を示さなければ。ぼくはユリアスさまが好きなんだから。

「だが、俺の話を聞いても、おまえはそう言えるのか?」

「俺の話……?　何が言いたいの」

イルザは薄い笑みを浮かべ、茶色の目をぎろりと光らせる。

「教えてやろう。おまえは道具だ。ユリアスはおまえを愛してなどいない。森の野獣族と、自分にかけられた呪いを解くために、おまえを手元に置いたのだ。人の国に三百年に一度生まれるという、希少なオメガのおまえが必要だったのさ」

何?　イルザは何を言ってるの。

話が見えてこなくて、リオンの握った拳が言いようのない不安でぶるぶると震える。

道具？　呪い？　必要だったって……。それに、野獣族って？

子どもの頃、野獣族と魔獣族の話を繰り返し祖母にせがんだ。魔獣族に流されることなく、人の国を守ってくれたという野獣族のことが、気になって仕方なかった。だが、野獣族はもう、誰も残っていないと……。

（その野獣族……？　ユリアスさまが？　だってユリアスさまは人で……）

「野獣族は魔獣族と相撃ちで果てる前に、強い呪いをかけられた……その呪いを解く術は三つ」

暗い悦びさえ感じさせる恍惚とした表情で、イルザは詩でも詠むかのように朗々とリオンに告げる。次々ともたらされる衝撃に、リオンは混乱する頭を整理しようとした。

どうしてイルザはぼくがオメガだと知っている？　このことはユリアスさまとベイリーにしか話していない。たとえ息子であっても、ベイリーはきっと、漏らしたりはしないはずだ……。

本当なのだろうか、この話は。

突然にもたらされた驚きの傍らでリオンは足掻く。道具という言葉に強く打ちのめされていた。

――だが、これが真実でも作り話でも、ユリアスさまが悩み、望んでいることがあるならば、ぼくは役に立ちたい。

「呪いって何？　その呪いは、どうやって解くの……」

息を詰め、リオンは訊ねた。だが、イルザはせせら笑う。

「その続きが知りたければ、俺の部屋へ来い。俺に身体を差し出せば、その方法を教えてやろう……オメガのおまえがすべきことをな」

「ぼくはまだ、この話が真実かどうか信じたわけじゃない」

身体を差し出せとはどういうことなのか……未知の要求に本能的に慄きながら、リオンは答えた。

「ふん、今に嫌でも信じずにはいられなくなるさ。オメガのおまえは、そのうち男が欲しくてたまらない淫らな身体になるのだからな」

「な……」

発情したオメガは――。

リオンの心に、幼い頃に聞かされた話がよみがえろうとする。いつの間にか自分自身で封印してしまっていた、あの言葉……。

オメガは――そのあとは何？　森に捨てられた日、おばあちゃんはオメガのことをなんて言った？　それに、発情なんて知らない……！

「なんて愉快なことだ！」

顔色を変えたリオンを見て、イルザは大声で笑った。

「ユリアスはおまえに何も教えていないんだな。ふふ、それこそがおまえを道具としか思っていない証拠だ。愛していれば、おまえの初めての時を思いやらないわけがないだろう？　だが俺は違うぞ。おまえを愛しく思っている。オメガの渇きを癒やしてやれるのはユリアスではない。この俺だ」

「な、何を言ってるのかわからない」

リオンは混乱していた。イルザの言っていることはめちゃくちゃだ。信じてはだめだ。だが、自分の知らないことをちらつかされると、心が騒いでしまう。

「わからなければわからないままでいい。だが、これだけは言っておく」

イルザはさらに不可解なことを言い、にやりと笑った。

「ユリアスより俺が先だ。あいつに手をつけられる前に俺のところへ来い」

「……断る」

リオンはきっぱりと答えた。だが、心の中では嵐が吹き荒れていた。

（手をつけられるって？　ユリアスさまがぼくに何かをするの？　ぼくに何も教えていないってどういうこと？）

吹き荒れる不安の嵐の中、襲いくる疑問と戦い、血の涙を流しながらリオンは心の中で叫んでいた。

不安に負けはしない。だってぼくは、ユリアスさまを信じると決めたのだから……!

歯をくいしばって自分をもちこたえる。顔を上げると、既にイルザの姿はなかった。いつの間に出ていったのか。

いや、消えた——?

扉の前に、イルザの残像なのか黒ずんだ影が浮かんでいる。リオンは目を瞠った。

(コウモリ?)

浮かんでいたのは黒いコウモリの翼。禍々しく辺りを漂ったあと、それは静かに消えていった。

4

イルザと対峙した数日後から、酷い目眩と倦怠感に見舞われて、リオンは起き上がれなくなっていた。

（ユリアスさまに呪いのことを聞こうと思っていたのに……そして、野獣族のことも）

怖くても、不安でも、リオンの心は決まっていた。

そして、ユリアスが黙っていたというオメガの身体のこと——それは、今の状態と関係ある気がしてならない。単に風邪をひいたとか、そんな類いのものではないとリオンは思う。

身体の奥から炙られるような熱っぽさが続いている。喉だけでなく、身体中が水分を欲しがって泣いているようだ。常に脱水状態のためか、怠くて怠くて仕方がない。

「リオン、水だ」

手を添えて、ユリアスが優しく身体を起こしてくれる。リオンが起き上がれなくなってから、ユリアスはリオンの側を離れなくなった。こうして、夜も昼もなく、リオンを介抱してくれている。

「ありがと……ユリアスさま……」

リオンは浅い息で答える。

「こうやって、また、ユリアスさまと、一緒にいられて、嬉しい……」

リオンは素直に気持ちを言葉にする。つい最近まで互いにぎこちなく、リオンはユリアスに遠ざけられていた。

「話さなくていい……苦しいだろう？」

ユリアスの心配そうな目が自分を見ている。その目が、わかっているから……と、心を伝えてくる。リオンは安堵して、水をひと口飲んだ。

「ううん、話し、たいんだ……ユリアスさま、ずっと、側にいて……ぼくは、道具でも、かまわないから……もう、離れたくない……」

朦朧として、あらぬことを口走ったのか、ユリアスの表情がさっと翳る。

ああ、ぼくは何を言ってしまったんだろう……ユリアスさまに、あんな哀しそうな顔をさせて……。

リオンは自分を責める。だが、再びリオンを見つめたユリアスの目は穏やかに凪いでいた。

「離れない。もう、おまえを離したりしない……」

　誓いのようなひと言のあとで一瞬抱きしめられ、ベッドに横たえられる。そして、頬を優しく撫でられた。

　ああ、昔みたいだ……ううん、もっと優しくて、上手く言えないけど、何か違うんだ……でも、嬉しい。

「私はおまえに謝らなければいけない。おまえがよくなったら全てを話そう……だから今は安心しておやすみ。ずっと側にいるから」

　リオンはふっと微笑み、目を閉じた。変わらず身体は辛いが、ユリアスの言葉はリオンに大きな安心をくれた。

　それからどれだけ眠っていたのだろう。リオンが目を覚ました時、ユリアスが旅装束でベッドの傍らの椅子に座っていた。

「どうだ？　気分は」

　ユリアスは優しく問いかけてきたが、リオンはとっさにユリアスの袖を摑んだ。

「どこかへ行くの？」

　もう離れないと言ってくれたのは夢だったのだろうか。旅装束を見て不安に駆られ、リオンは潤んだ目でユリアスに縋った。

「安心して。おまえも一緒だから」

ユリアスは柔らかく笑い、リオンの熱を発する額に、そっとくちづけた。その小さなキスひとつで、リオンはたちまち身体がとろけそうな感覚に陥ってしまう。

「あ……」

戸惑いの声を上げたリオンの顔を、ユリアスが覗き込んでくる。

「どうした?」

「変なんだ……子どもの頃はなんともなかったのに、今、なんだか身体が……こんなの知らない。上手く言えない」

急に恥ずかしくなって、リオンは枕に顔を埋める。頬にかかる亜麻色の髪を、ユリアスの指がそっと梳いた。

「変じゃないさ……おまえは目覚めようとしているんだ。もうすぐ……わかる」

目覚める? それは変わるということ? リオンの胸に、イルザの放ったひと言がよみがえる。

――オメガのおまえは、そのうち、男が欲しくてたまらない淫らな身体になるのだからな。

ぼくは淫らになってしまうの? リオンには思い当たることがあった。

　ユリアスの名前を呼んだだけで、熱く固くなったあの部分。ずっと抱えていた身体の疼き、そして今、額へのキスだけでこんなにも……不安が押し寄せ、リオンは身体を起こしてユリアスの首にかじりついた。

「怖いんだ。何か違うものになってしまうような気がして」

「大丈夫だ。どんな時でも私が側にいる。これからこの城を出てある場所に行くが、私を信じて一緒に来てほしい」

「お城を出るの？　いったいどこへ……」

「二人だけになれる場所だ」

　そう言って、ユリアスはリオンを抱き上げた。

「弱っているところを動くのは辛いと思うが、少しだけ辛抱してくれ」

「うん……だいじょうぶ」

　リオンはそれ以上を聞かず、ユリアスがするのに任せた。二人きりという言葉が、甘い安心感を連れてくる。ユリアスを信じると思うと、身体とはうらはらに、心は軽くなるのだ。

　ユリアスはリオンを片腕に抱いたまま馬を御し、森を駆けていった。

　二人でいれば、朽ちた森も暗闇も、不安や疑念から自分たちを守って包み込んでくれるベールに思える。寄り添ったまま言葉はないが、リオンは幸せだった。やがて到着した小さな城もまた、朽ちて倒れた木々に守られるように、ひっそりと佇んでいた。

「ここは？」

　辺りを見回すリオンに、ユリアスはそっと微笑みかけた。

「かつて、父や母と訪れていた離宮だ。魔獣族との戦いの折、倒れた木々に守られて、奇跡的に無事だった」

　リオンを抱いて歩きながら、ユリアスは語る。

「ここには幸せな頃の思い出がありすぎて、ずっと訪れることができなかった。だから決めたのだ。森を再興するまで、この場所は封印すると」

「そんなに大切な場所なのに、来てよかったの？　それに、あれほどお城の外に出ないようにって言ってたのに」

　リオンがおずおずと訊ねると、ユリアスは笑った。

「おまえとここに来ることができて嬉しいよ。それに、私自身、いつまでも後ろを向いてはいられないから」

（ユリアスさま、雰囲気が変わった？）

　これまでのユリアスは、物静かで翳りのある青年だった。だが今は、目に力が宿っているように感じるのだ。

　建物が木に覆われているために、室内には外の光こそ届かないが、ランプに灯り(あか)を灯す(とも)と、たちまちあたたかな空間に変わった。リオンは、白いシーツに覆われたベッドに身を横たえられる。清潔で、とてもよい香りがする。

「いつかここで過ごせるように、手入れだけはしておいたのだ」

　それは、まるで自分に語っているようで、リオンは胸が苦しくなった。

　ユリアスさまは、ここで両親と過ごした日々を思い出しているのだろうか。同じく子どもの頃に両親と別れたリオンは、その痛みがとてもよくわかった。

　ユリアスは近くの長椅子に自分の寝床をしつらえている。簡単な食事を手ずから食べさせてもらったあと、ユリアスはランプの灯を小さくして、部屋をほの暗くした。

「私はここにいるから、安心して眠れ」

「うん……」

「どうかしたか？」

　少し身体をもぞもぞさせたリオンに、ユリアスは心配そうに訊ねた。

「なんだか、身体の中がざわざわして落ち着かないんだ。それに、自分が甘い匂(にお)いがするみたいで……」

「リオン、それは……」

途中まで言って、ユリアスは一旦、口をつぐむ。言葉を探している感じだ。ややあって、ユリアスはリオンの前髪をかきあげた。

「おまえの身体が変わろうとしている証なんだ。何も恐れることはない」

「それは、もしかしてオメガの……？」

「リオン？」

「や、やっぱりいい！」

目を瞠ったユリアスを見て、リオンは慌てて自分の言葉を打ち消した。

気になっていたことを口にしてしまったが、やはり淫らになるということをユリアスには聞けないと思ったのだ。

だが、おそらく間違いない。再びユリアスが側にいるようになって、疼きやざわめきは増している。この変化は、ユリアスといるから起こるのだ。

「おやすみなさいっ」

急に恥ずかしくなって、リオンはシーツを被ってユリアスから身を隠した。すると、ユリアスは、シーツの上から背中を撫でてくれた。そんな優しい仕草にも、身体がとろけそうになってしまう……。

「その状態に耐えられなくなったら、すぐに私を呼ぶんだ。いいね」

静かに、だが力強くそう言って、ユリアスはリオンの側を離れた。静寂の中、ユリアスが長椅子に横たわった気配がして、リオンも目を瞑（つぶ）った。


だが、眠るなど無理だった。

ユリアスが同じ部屋にいると思うだけで、身体の熱量が増していく。夜着が乳首を掠（かす）めるだけで、そこがびくんと尖（とが）り、腰が跳ねてしまう。

もうすぐ、あの感覚がくる……身体はそれを覚えていた。雄の部分が固くなって熱くなるんだ。リオンは唇を噛（か）んで、その感覚をやり過ごそうとした。

あれがきっと、淫らということなんだろう。リオンにも薄々、わかってきていた。

ユリアスの裸身を思い出し、名前を呼んで達した時からだ。ただ、認めたくなかったのかもしれない。

（このままだと、あの状態を、ユリアスさまに見られる……？）

そして彼のことを思えば、さらに加速することもわかっているのに、リオンは心の中で呟いてしまう。次の瞬間、心臓が大きく、どくんと鳴った。

（あ、あ……っ）

まさに自分の仕掛けた罠にかかってしまったように、リオンは身体の奥に火がついたことを感じた。その火は容赦なく内側からリオンを炙り、疼きの谷底へと突き落とす。

（ユリアスさま……っ）

呼べと言われたからではない。本能がユリアスに縋れと命じていた。ベッドから這い出し、よろよろと長椅子の方へと向かう。だが、リオンはそこで衝撃的なものを見た。

「……っ、は……」

ユリアスが苦悶の表情を浮かべ、肩を上下させて苦しんでいた。

額には汗が浮かび、苦しさを逃そうとしてか、自分の指を強く噛んでいる。指にはいくつも傷があり、何度も噛んでいたことを物語っていた。

「ユリアスさま、どうしたの！」

疼く身体も一瞬忘れ、リオンはユリアスに寄り添った。

「どうしたの？　苦しいの？」

「なんでもない……っ……すぐに……治まる……」

だが、呼吸は見る間に荒くなり、目も充血し始めた。何か異変が起きていることは明らかだった。とっさにユリアスの背を摩ったリオンだったが、その手を振り払われてしまう。

「ユリアスさま！」

「いま……私に、触るんじゃ……ない」

「嫌だ！　どうしてそんなこと言うの！」

すぐに呼べって言った。おまえの側から離れないって言ったのに。

「待って、今何かお薬を……」

「薬では、治まらない……」

「じゃあ何がいるの？　お城へ戻ってなんでも取ってくるから教えて！」

再び、リオンはユリアスの背を摩る。幼い頃、熱が出て苦しい時、ユリアスはいつもこうしてくれたのだ。

リオンの問いかけに、荒い息のままでユリアスがじっと見つめてくる。苦しんでいるはずなのに、目を見開いたその表情には、すさまじい迫力があった。

ユリアスさまが今、獅子ならば、ぼくはきっと、小さなうさぎだ――。

そう思った時、リオンはユリアスから発散される刺激に目を眩ませた。

（あああっ！）

それは、抗いがたい危険な匂いだった。突然に襲われて恐しささえ覚えるのに、全身にその匂いを浴びたいと思ってしまう。もっともっと、もっと……！

「やあっ！」

リオンの身体が一瞬にして溶け出したのと、長椅子の上でユリアスに組み敷かれたのは同時だった。

ユリアスはリオンの白い首筋に顔を埋め、強く吸いついてきた。至近距離で、ユリアスの匂いが一瞬にしてリオンの鼻腔（びこう）を満たす。リオンの下肢はびくんと震え、可憐（かれん）な茎がどくどくと鼓動を始めた。

「おまえを、壊してはならないと思ったのに……！」

自分を戒めながらも、いつもの静かなユリアスとはまるで別人だった。

リオンの夜着を剝（は）ぎ取りながら、身体中をまさぐってくる。その手も、リオンの知る優しい手ではなかった。指が骨張って太く、関節がリオンの皮膚を刺激する。

そしてリオンも別人になっていた。指が這う感触に腰を跳ねさせ、それだけでは足らずに、ユリアスの腰に脚を絡めて、脈打つ茎を擦（こす）りつけてしまう。

「ユリアスさま……っ、もっと、もっと……！」

懇願すると、ユリアスはリオンの張り詰めた茎を握りたてた。それだけで、茎は先端から透明な液を零（こぼ）す。

「あ、気持ちいい……っ」

自分でそこに触れるのは好きでなかったはずだ。それなのに今、ユリアスに触れられて悦(よろこ)んでいる。彼の放つ匂いで鼻腔が満ちれば満ちるほど、リオンはユリアスに密着して啼(な)き声を上げた。

「ん、ああ、ああ……っ！」

「大丈夫か……？」

ユリアスが汗ばんだ髪をかきあげてくれる。そんな優しい仕草にもリオンは敏感に反応し、喘(あえ)ぎともため息ともつかない息を吐いた。

「は、あ……、ユリアス、さま、いい匂いが、する……」

「おまえこそ……自分がどんなに花の香をまき散らしているか、わからないのか？」

「花の……香？　あ、あ……やめちゃ、やだ……っ」

茎を扱(しご)く手が止まったことを、リオンは首を振り立てて抗議する。亜麻色の髪が揺れ、涙が飛び散った。

「おまえが発している匂いだ……だから私は抗えなくなった……！」

言い放つとともに、ユリアスはリオンの身体を荒々しく長椅子の背へと持ち上げ、無防備にそそり立った茎を口に含んだ。

それまでの刺激はなんだったのかと思うほどの、目も眩むような恍惚に落とし込まれる。濡れた舌に茎を舐め上げられて我を失い、リオンはユリアスの口内を逃げ惑った。

「あ、や、やあ……っ、あ……っ」

だが、どこへ逃げても同じだった。濡れた粘膜に阻まれ、長い舌に捕まえられる。

「ユリアス、さま、どうして、口……なんかに……っ」

「嫌か？」

リオンを含んだままユリアスが訊ねるが、声の微細な振動さえも快感の引き金になる。

「ちが……あ、ん、ん、んっ……あ、は……っ――」

首を振り立てることしかできない。やめないで、やめないで、ユリアスさま――。

「もっと……っ！」

リオンは叫んで身体を起こし、ユリアスを求めて腕を彷徨わせた。そして、金色の頭をかき抱く。

深く咥え込むユリアスの頭を引き寄せた時、リオンは腰の括れを摑まれた。茎を咥えられたままで腰を揺さぶられる。時折、脚を持ち上げられて、太股や脚の付け根を強く吸われる。

「リオン、おまえの花の香で酔いそうだ……」

脚の付け根から膝裏まで舌を這わせながらユリアスは呟く。

「え？　あ、……はな……？」

「そうだ、おまえの匂いだ……！」

そうしてまた茎を含まれ、ゆっくりと上下に唇を動かされる。

リオンもまた、ユリアスの香に包まれていた。言葉にできないほどに気持ちいい。ユリアスさまの匂いに包まれて、もっとこうしていたい。もっとしてほしい……。

リオンの思いが通じたかのように、ユリアスは口内でリオンの茎を可愛がり続けた。強く吸われたかと思うと、ゆっくりと舌を這わせられる。何度か繰り返したあと、ユリアスはリオンの先端を啄んだ。

その刺激で、茎の先端から何かが零れた。ユリアスはその透明な雫を手のひらに受け、舐め取ってみせた。

「おまえの蜜だ」

「みつ……？」

「おまえが熟してきた証だ」

リオンはぼうっとしてユリアスの言葉を聞いていた。だが、しばしの休息は突然、終わりを告げる。再び囚われ、強く吸い上げられて、リオンは反射的にユリアスの頭をぎゅっと摑んだ。

「あ、や、でる……っ」

呻いた時に茎がわなないたかと思うと、ユリアスの口内に囚われたままで、リオンは体液を放った。透明な雫とは違う、白濁した液を。

とめどなく噴き出るそれを、ユリアスは唇で扱くようにして吸い取る。最後は先端を舌で舐め取って……壮絶に艶めいた仕草、表情、その何もかもに、リオンは身体中の全てを持ち去られて脱力した。

「リオン……」

留めに名前を呼ばれた時だ。

「ああっ、あっ、あ、や、ああ――」

脱力していたはずの身体が、小刻みに痙攣し始めた。そして、今まで沈黙していたところが疼き出す。ふたつの膨らみに守られて、ひっそりと閉じていたそこが、花開くことを求めて自己主張を始めたのだ。

「や、ここ、ここ、変……、助けて、ユリアスさま……」

リオンは脚を開き、あられもない姿でそこを指差す。ほころびかけた蕾の奥からは、雫とも白濁とも違う、ねっとりとした液があふれ、長椅子に染みを作っていた。

「変じゃない……おまえは私と触れ合って悦んでいるのだ。素晴らしい身体だ……」

ユリアスはリオンを抱き寄せ、感極まったように顔中にくちづけの雨を降らせた。

「違う……っ、淫らなんだ……これが、淫らっていうことなんだ」

イルザに棘をもって言われたせいか、その言葉には背徳感があった。それはいけないこと、人を――。

人を？

急に、五歳の誕生日、森に捨てられた日、祖母が語った話の記憶がなだれ込んできた。

――発情したオメガは人の心を色欲で惑わし、災いを招くと言われている。

リオンは一気に理解した。自分が何者で、なぜ今こんなにも、肉欲に支配されているのかを。

「ぼくが、オメガだからなんだ……！」

リオンは頭を抱え込み、吐露した。あまりに力がこもったので、指がギリギリと頭皮に食い込んでいる。亜麻色の髪がぐしゃぐしゃと乱れる。

「オメガだから、こんなに淫らだから捨てられたんだ……ぼくは、ぼくは人を惑わすオメガなんだ……！」

「リオン、落ち着くんだ！」

「だめ、ぼくに触ったら、ユリアスさままで……！」

ユリアスは、その慟哭(どうこく)ごとリオンをかき抱き、熟した果実のような唇を奪った。

突然に言葉を封じられてリオンは目を瞠る。だが、優しく啄まれるうちに、やがて静かに目を閉じた。

「ん……ユリアス、さま……」

「喋(しゃべ)らなくていい」

「息が……」

「唇を開いていいんだ」

ユリアスが笑ったように思えたのは気のせいだろうか。教えられ、リオンはぎゅっと閉じていた唇を、そっと開いて息を継いだ。

やがて、触れ合っていた唇が離れていく。なぜだかわからないけれど、リオンはユリアスの顔を見ていられないと思った。もっと淫らなことをしたのに……ユリアスの感触の残る唇に指を触れ、目を伏せる。

「今の……なに？」

恥ずかしくてたまらない。リオンは小さな声で訊ねた。

「キス、いつもは、ここにするのに」

唇に触れていた指で額を触る。キスは、ここにするものじゃないの？

「これは、愛する者にするキスだ」

「愛する……？」

その先が言えなくて、リオンは言葉を呑み込んでしまう。だが、ユリアスはしっかりとうなずいてくれた。

「唇へのキスは嫌か？」

「ううん……」

リオンは小さく、だがはっきりと首を振った。

「好き……」

語尾はユリアスの唇が攫ってしまう。さっきよりも少しだけ深く、強く、ユリアスはリオンの唇を食んだ。

「そうだ。よく聞いて、リオン。私はおまえを愛している。おまえは、私の大切な大切なオメガだ。そう、気が遠くなるくらいずっと前から、私はおまえを愛していた」

ユリアスはリオンの手を取って、まっすぐに見つめてくる。

「だから、自分のことをそんなふうに言うな……私の前では淫らでいいんだ。それは、おまえが私を欲しがっている証だから。そして私もおまえが欲しい。身も心も私を満たしてくれるのは、おまえだけだ」

「……オメガで、いいの？　ぼくは、淫らで人を惑わすオメガなのに？」

「おまえは誰も惑わしたり、誘惑したりなどしない。私のリオンはそんな者ではない……だが、私のことは乱してくれ。誘惑してくれ。おまえは、私だけの愛するオメガだ」

リオンの背や髪を優しく撫でながら、あやすようだったユリアスの口調が、だんだんと激しくなる。そして言葉が終わるのと同時に、リオンは身体を翻された。

さっき示した窄まりに、ユリアスの息がかかるのを感じた。そして、濡れたそこに濡れた柔らかいものが触れたのを。

「んっ、や、なんで、そんな、とこ……」

「ここが変だと言ったではないか？」

ユリアスの口調は、少し意地悪だとリオンは思った。だが、やめてとは言えない。なぜなら、恥ずかしいけれども気持ちよくて、ユリアスが潤いを啜る音が、リオンを煽ってならなかったからだ。

「ん……っ――」

だから、言葉にならない喘ぎで答えるしかない。だが、ここはどうしてこんなにひくひくしているのだろう。

どうして滴るほどに濡れているの――？

「もう、こんなに柔らかい」

「なに、が……あっ、やぁ」

「おまえが、私を受け入れてくれるところだ……すまない、リオン。ここを見たら私はもう、これ以上耐えられなくなった……おまえが欲しくて、おかしくなっている私を笑ってくれ」

そうして、リオンはユリアスの大きな手で腰をぐっと持ち上げられた。背中が弓のようにしなる。肘で身体を支え、座面をぎゅっと摑みながら、リオンは身体が期待で支配されるのを感じていた。

「あ、ああ……っ」

ずぶりと、何かに身体を開かれる感覚があった。これは……ユリアスさまだ。ユリアスさまがぼくの中に入ってくる。

何も知らないと思っていた。だが、身体が、本能が知っていた。だって、身体の中がユリアスさまの形に開いて、吸いついていくんだ――。

「リオン……っ」

頭上から背中へと、ユリアスの声が降り注ぐ。つながったまま揺さぶられるたびに、背中も熱く疼く。

「おまえの紋様が、美しすぎる……」

「は、ああ……っ」

ユリアスの指に背中を妖しくなぞられると、さらに悦びが増して身体が反応する。ユリアスと触れ合っているところが潤み、とろけて混ざり合っていくのがわかった。

「あ、や、とけ、る……」

身体が溶けてなくなってしまうのではないかという、恐怖にも似た悦び。怖れと悦びは表裏一体なのだとリオンは思い知る。

「いい子だ……もっと私に吸いついてくれ……」

「ん、あ……ユリアス、さま……」

知らぬ間に、ぴくぴくと揺れていたリオンの先端から白濁があふれていた。その感覚が置き去りにされるほど、リオンはユリアスの雄からもたらされる快感に溺れた。

こんなに……こんなにわけがわからなくなるまで、ぼくはいったい、どうなってしまうんだろう。

快感の裏側から、ふっと恐怖心が顔を出す。

「ユリアスさま、顔、見たいよ……」

リオンは精いっぱいに身体を捩り、愛しいその顔に願う。刹那、身体のなかでユリアスのものが蠢き、とてつもない快感をリオンにもたらした。

なかを抉られるようなユリアスの動きに、リオンの内壁が離れないでと捻れながら吸いついて、先ほどあふれたばかりの白濁が、また零れてしまう。

リオンは一瞬、気が遠くなった。だが唇に落ちてきたキスに、優しく連れ戻される。

目を開けたそこには、幸せそうに笑うユリアスがいた。

「愛している、リオン」

身体の動きを止めたまま、ユリアスは再びリオンの唇を吸った。リオンも、受け止めきれない幸福感に浸る。愛を告げられ、自分が、ユリアスをもっと奥へといざなっているのがわかった。彼を包む襞が、ざわざわと蠕動している。

「……っ、リオン……っ」

ユリアスが怒濤のようにリオンのなかに、深く、深く入り込んでくる。退かれたかと思うと、またずぶりと前へ進まれ、追いかけるようにリオンは腰を動かす。自覚などなかった。あるのは、ユリアスに貫かれ、溶け合っているという感覚。それがリオンの腰を妖艶に蠢かせていた。

「これが、身体ごと愛するということだ……リオン、私のオメガ……」

「ユリアスさま、ユリアスさま、好き……っ、あ、だいすき……！」

揺さぶられ、腰を蠢かしながら、リオンはユリアスに腕を伸ばした。脚を逞しい腰に絡め、これ以上ないほどに密着したら、リオンのなかにあるユリアスの雄が、咆哮を上げるように奮い立った。

「リ、オン……っ」

「あ……っ」

身体のなかが、温かいもので満たされていく――零すまいと無意識になかが締まり、奥に息づく何かが甘やかに開いた。

これは何？　ぼくの身体の奥に何かがある……ユリアスの精を受け止めながら、リオンは見た。

めりめりと音をさせて、ユリアスの右肘から下が変化していく。皮膚を破って黒くて硬い毛が生え、鋭い爪が伸びる。まるで獣の腕のように。

「見る、な……っ」

悲壮な声を上げながら、厚い胸が落ちてくる。その刹那に、リオンはユリアスの変化した右腕を受け止めた。

ユリアスの吐精は終わり、受け止めきれなかったもので、二人のつなぎ目がさらに溶け

合っている。愛しい身体を下から抱きしめ、リオンは右腕に頬ずりをした。

何が起こったのかわからない。

だが、見るなと言われたことが哀しくて、溶け合う身体が愛しくて、そして、目も眩むほどに気持ちよくて……ユリアスの変化した腕に、リオンの涙が染み込んでいった。


何度、そうして抱き合っただろう。

交わる角度を変え、深さを変えて、喘いだ声が掠れても、互いを貪るような交わりは果てがないように思えた。

だが、数日ののちには、リオンの欲情の波は少しずつ引いていった。その代わりにリオンが得たものは、ユリアスの胸に抱かれて眠るという幸せだった。

「ユリアスさまとまた一緒に眠れるなんて、夢みたいだ」

リオンが無邪気に笑うと、ユリアスは優しく目を細めた。

この表情も、長い間見ていなかったような気がする。

愛し合うってすごい。積み重ねられた苦しさも、すれ違いも、全て消し飛んでしまった。

だが、晴れやかなリオンに対して、ユリアスの目にはまだ翳りがあった。笑った顔が優しければ優しいほどに、その翳りが際立って、リオンは胸が苦しくなる。

右腕は、変化した獣のままだった。この、腕の変化がユリアスさまを苦しめているんだろうか。

『見るな』と言われた声が、今もリオンの耳に残っている。そう思うと、リオンは何が起こったのかを問うことができなかった。

獣の腕をそっと引き寄せる。

（腕が変わったって、ユリアスさまであることは変わらない）

そんなことを考えていたら、ユリアスは静かに口を開いた。

「私は、おまえに謝らなければいけないことがある」

「前にもそう言ったね」

リオンは、獣の腕に指を触れながら答えた。硬そうに見えた毛は、触れてみると思ったよりも柔らかかった。

「私の話を聞いてほしい。これは、懺悔（ざんげ）だ」

「そんなの、いいよ……前のことは関係ない。ぼくは今、とっても幸せだから」

「本当におまえはいい子だ。いや、もうとっくに大人になっていたのだな」

「それは……こういうことをするようになったから？」

リオンが頬を赤らめながら問うと、ユリアスは「そうだな」と微笑んだ。その微笑みはとても艶めいていて、抱き合っている時の顔を思い出させる。

「ある意味、それは正しいとも言えるだろう。抱き合えるほどに、おまえが成長したということだ。リオン、おまえがこの数日間経験した状態は発情期という。オメガが、子を孕むことができるほどに成熟した証だ」

「でもぼくは男だよ。子を孕むなんて」

リオンは驚いて否定したが、ユリアスはリオンを見つめ、ひと言ずつ嚙みしめるように伝えた。

「いや、オメガは男であっても、その身に子を宿すことができるのだ。尊い力だ」

信じられない……リオンは目を見開いた。男のぼくが、赤ちゃんを孕むなんて。

ユリアスの話は、最初から佳境だった。その先を聞きたいような、聞きたくないような……だが、やっぱり知らなければいけないのだと思って、リオンはユリアスを見つめ返した。

「オメガの発情期は、ひと月ごとに訪れると聞いている。大きな波が退けば、次の波が来るまでにひと月。発情期が近づくと、身体から発せられる花の香のような匂いが次第に強くなり、発情期が終わるまで続く」

「花の香……」

思い当たることがあり、リオンは頬を染める。交わりながらユリアスは何度も、花の香に酔いそうだと言っていた……。

「ユリアスさまからも、とてもいい匂いがしてた。なんだか、目眩がしそうな」

それまで淡々と語っていたユリアスは、口の端を緩ませた。

「それは、リオンの匂いに刺激されたからだ。私たちアルファは、オメガの発する匂いに惹きつけられてやまない」

「アルファって？」

リオンが無垢な目を見開いて訊ねると、ユリアスは自嘲的に答えた。

「私は本当に、おまえに何も話してこなかったのだな……すまない」

そうして、ユリアスはこの世に存在する、男女の他の性、アルファ、ベータ、オメガについてリオンに説いた。

身体、容姿、そしてあらゆる能力に恵まれているとされるアルファ。何事においても平均的とされるベータ、そして、発情期をもち、男女ともに妊娠が可能なオメガ。

アルファは男女ともに、オメガを孕ませることができる。だが、人、野獣族、魔獣族からなる、生きとし生ける者のうち、ほぼ全ての者はベータであり、アルファは野獣族にしか現れず、オメガは人にしか現れない。しかもそのオメガは三百年に一度しか生まれないという、真に稀有（けう）な存在であることを。

「だから、アルファとオメガが巡り会えることが、そもそも奇跡のような確率なのだ」

ユリアスさまは自分のことをアルファだと言った、では、ぼくたちは奇跡のような確率で巡り会えたの？

「嬉しい……」

リオンは目を輝かせた。

「ぼくは、ユリアスさまに出会うためにオメガに生まれてきたんだね」

「そして私は、リオンに出会うためにアルファに生まれたのだ。おまえはあの日、森の道案内の光る蝶（ちょう）に導かれてやってきた。今私は、蝶たちがおまえを連れてきた意味を噛みしめているよ」

優しく、穏やかな告白だった。リオンは幸せを噛みしめる。生まれてきてよかったと、心から思えた。産まなければよかったと泣いた母に、この幸せを伝えられたらと思う。

だが、ひとつだけ、リオンにはわからないことがあった。

「でも、アルファは野獣族にしか生まれないって……」

　ユリアスさまは人だ。それでは、あの変化した右腕はなんなのだろう……そしてリオンは思い至る。もしかしたら……！

　リオンの表情の変化を見て悟ったのだろう。ユリアスは、右腕に触れてうなずいた。

「私は、本当は野獣族だ。かつて森を治めていた王は、私の父だ」

「王子さまだったの？」

「ああ」

　リオンは祖母の昔語りを思い出した。森の一族は滅び、野獣族は誰も残っていないと聞いていた。だが自分は、今も森に野獣族がいるかもしれないと、思いを馳せていたのだ。

（それが、ユリアスさまだったなんて……）

「私だけではない。森の城にいる者たちは皆、魔獣族との戦いで生き残った野獣族だ。戦いの最期に、人の姿になる呪いをかけられて、今まで生きてきた。この腕が、私たちの真の姿だ」

　静かな、だが胸に染み入るような声だった。ああ、ユリアスさまは哀しんできたんだ。本当の自分じゃない姿に変えられて。

「ぼくが、オメガがその呪いを解くことができるんだね」

　ユリアスの顔色が血の気が引くようにさっと変わる。彼は明らかに動揺していた。

「どうしてそれを……？」

「イルザから聞いたんだ」

やっぱり本当だったんだ。リオンの胸に小さな棘が刺さる。

それでは、ぼくはやっぱり呪いを解くための道具だったんだろうか。

……いや、絶対にそれは違う。リオンはぎゅっと両手を握りしめた。ぼくはイルザよりも、ユリアスさまを信じる……！

一方、ユリアスは、ここで出てきたイルザの名前に不審を隠さなかった。

「なぜイルザが？」

「どうして知っていたのかはわからない。そして、呪いを解く方法は教えてくれなかった。でも、確かにそう言ったんだ……こんなに大切なことを、今まで黙っていてごめんなさい」

口にしたら、胸につかえていたものが取れたように心が軽くなった。もちろん、まだまだ不安はあるけれど、これからは、ユリアスさまと不安をともにすることができるんだ。

ユリアスはしばらく何かを考え込んでいたようだったが、ややあって、リオンの前に頭(こうべ)を垂れた。

「発情期のことも、呪いのことも、おまえに何も話してこなかったのは私の弱さゆえだ。

リオンこそ辛かっただろう？　ひとりで胸に抱え込んで……」

　リオンはふわりと抱きしめられた。狂おしい熱はなくても、心が洗われるような幸福感に包まれる。

「ユリアスさまも、ずっと言えないわけがあったんだよね……ぼくよりもいろんなことがわかっていた分、きっと辛かったよね……」

「リオン……」

「どうしてこの腕だけが獣になったのかな」

　不思議そうに首を傾げるリオンを、ユリアスは抱きしめる。愛おしげに髪を撫でながら、ユリアスは語った。

「一族の呪いを解くために、オメガのおまえが必要だったのは本当だ。だから、私はおまえに本当のことが言えなかった。それこそ、呪いのためにおまえを側に置いていると思われるのが怖かったのだ。誓って、私がおまえを欲したのは、そのためではない。それだけはわかってほしい。おまえは私を癒やし、薄暗い世界を明るく照らしてくれた。おまえが子どもの頃から、私はおまえなしでは生きていけなかった……」

「わかってるよ。わかってるから……」

　リオンはユリアスを抱きしめて広い背を撫でる。そして、獣の右腕にも。ユリアスは、リオンの手の温かさを感じ入るかのように目を閉じた。

「なんてことだ。私はおまえよりもずっと年上でありながら……。リオン、私は人が忌み嫌う野獣だ。おまえは私の本当の姿を知ったら驚くだろう……だが、それでも私はおまえに側にいてほしい。側にいてくれ、リオン。これからもずっと……」

「いるよ。ずっとユリアスさまの側にいる」

ユリアスは目を開けた。琥珀色の目が驚きで見開かれ、そして静かに伏せられる。ややあって答えた声には、怖れが滲んでいた。

「おまえは、この獣の腕が怖くはないのか？」

「怖くないよ」

リオンは笑った。そして、真剣な顔になる。

「だから、呪いを解く方法を教えて。ぼくにできることならなんでもしたいんだ。正直、その……いろんなことが起こりすぎて、まだ全部を受け止めきれないではいるんだけど。でもね、この腕が怖くないのは本当だよ」

「腕だけではない。身体全体がこうして毛に覆われ、鋭い爪や牙が生えているのだぞ」

「でも、魔獣族から人を守ってくれたのは、この腕をもつ野獣族だった」

ユリアスの琥珀色の目が再び見開かれる。

「野獣族は、人の国を滅ぼそうという魔獣族の誘いを断ったんだよね。家族と住んでた頃、おばあちゃんにお話してもらったんだ。それでぼくは、いつか野獣族に会うことがあったら、お礼を言おうって思ってた」

　リオンはユリアスの右腕をそっと撫でる。

「人の国を守ってくれてありがとう」

「守ったのは私の父だ。私は何も……」

「ユリアスさまは野獣族なんだから一緒だよ」

　リオンは笑って、ユリアスの目を見つめた。琥珀色の目が、なんてきれいなんだろうと思う。彼がどのような姿になっても、この目だけはきっと変わらない。

「ぼくはユリアスさまを信じてる。だから、上手く言えないけど、ぼくのことを信じてほしいんだ」

「そうだな……」

　ユリアスもまた、リオンの黒い目を見つめる。

「私は大切なことを見失っていたようだ。おまえに教えられたよ」

　獣の手で耳朶（みみたぶ）から頬を撫でられ、リオンはくすぐったさに目を細めた。獣の手で撫でられた方が、温かくて心地いい。心からそう思う。

「だが、呪いを解く方法をおまえに教えることはできない」

「どうして？」

リオンは目を瞠った。ユリアスは苦しそうに告げる。

「それは、おまえ自身がおまえの意志と心で成さなければいけないことだからだ」

「教えられて行っては、意味がないということ？」

リオンは明瞭に、ユリアスの言わんとすることを読み取った。ユリアスは、その通りだと答える。

「だが、無理はしなくていいんだ。おまえが呪いを解きたいと言ってくれた、その言葉だけで十分だよ」

だが、リオンはその答えに満足できなかった。ユリアスは王子だという。ならば、城の皆のために、一日も早く呪いを解きたいと思っているはずだ。

「ううん、ぼくがきっと呪いを解くよ。だから待っていて……」

押し寄せるたくさんの思いは胸にしまい、リオンはそれだけを答えて、ユリアスの背を抱きしめた。

5

ユリアスがリオンを伴って城に戻ったのは、それから数日後のことだった。リオンの発情の波が完全に退くまで、離宮で過ごしたのだ。

波が退き、欲情が穏やかに凪いでいく数日間を、ユリアスとリオンは蜜月のように過ごした。リオンが子どもの頃からずっと一緒ではあったけれど、ユリアスの胸にはいつも懸念があったし、呪いやオメガの身体についてリオンに黙っているという、後ろめたい気持ちもあった。

だが、今は違うのだ。

心も身体も、本当の意味で結ばれた。ユリアスはこれまで以上に、リオンが愛しくて仕方なかった。

(発情期を少しでも楽に過ごせるように、早速、薬を用意せねば)

リオンの身体を思い、ユリアスは考えていた。

発情期の交わりは、アルファにもオメガにも、すさまじい快感をもたらす。だが、心が通じ合っていることがわかった今、交わりは、快楽にふけるだけのものではないと言える。

あのような激しさが、リオンの身に負担でないはずがない。穏やかに抱き合っても、互いを感じ、幸せを得られるのだということを、ユリアスは蜜月の数日間に知ったのだった。

「なんだか、お城に帰るのが恥ずかしいな」

ユリアスの腕の中で馬の背に揺られ、リオンは頰を染めて呟く。

「だって、その、ユリアスさまと恋人同士になったから……」

「おまえは本当に可愛いな……可愛くて、私はどうにかなってしまいそうだ」

「ユリアスさまこそ、よく平気な顔でそんなこと言えるね……嬉しいけど」

答えたリオンはますます赤くなる。

リオンが呪いを解くオメガであることを、かつて宰相であったベイリーだけは知っていると、ユリアスはリオンに隠さず話していた。呪いを解くために、彼はかなり焦っているということも、すべて話した。

もう、リオンに隠し事はしないと自分に誓ったからだった。

「だから、ベイリーに呪いを解く道具のように言われて、傷つくこともあるかもしれない。だが、私がおまえを守るから。……それに、彼は彼なりに野獣族のことを憂い、深く考えているのだ」

「うん、わかるよ」

　ユリアスはうなずいて馬を進める。やがて城に近づくと、城門の前に当のベイリーが待っているのが見えた。

「お帰りなさいませ」

　慇懃(いんぎん)に出迎えた彼は、リオンをちらりと見て、それからユリアスを見た。そしてユリアスの変化した右腕を見て、大声を上げた。

「ユリアスさま、その腕は！」

「話はあとだ。リオンを休ませたい。アルマを呼んでくれ」

「は、はい」

　右腕に目を留めたまま、ベイリーは答えた。驚くのも無理はないと、ユリアスは思う。どうして中途半端に元に戻っているのか。なぜ、完全に戻らなかったのか。

　ベイリーはことの次第を確かめたくて、うずうずしているに違いない。そしてユリアスには思い当たることがあった。

　アルマには、体調のすぐれないリオンを離宮で静養させると言っていたので、その旨をリオンに伝えてユリアスが自室に戻ると、思った通り、ベイリーは扉の前で待ちかまえていた。

「それで、ことは不完全に相成ったという理解でよろしいのですか？」

開口一番、ベイリーは嫌味とも取れるようなことを言った。

「だが、お聞かせ願いたいものです。どうして片腕だけが元に戻ったのかという経緯を」

「……リオンは『愛している』とは言わなかったし、自分からくちづけもしなかった。それだけだ」

リオンに言ったように、ベイリーのこういう物言いは以前からだ。こと、オメガと呪いに関しては、特に辛辣（しんらつ）になる。ユリアスは話の要点だけを簡潔に答えた。

ともに快感の極みを迎えたあの時、リオンは『大好き』と叫んだ。『愛している』ではなかった。

だが、表し方が違うだけで、リオンの心は同じだとユリアスは信じている。自分からくちづけなかったのも、今は唇に触れられることで満たされており、それ以上の余裕がなかったせいだろう。

――そして私は、リオンのなかに放った。

だが、それは口に出さず心にしまう。

「では、似たような状況には持ち込めたということなのですね」

「持ち込めたなどと言うな」

わかっていても、ベイリーの無神経な言葉が気に障る。ユリアスは眉間を険しくしたが、ベイリーは、さらに無神経なことを言う。

「子ができる手応えはいかがです？　いえ、お怒りはごもっとも……私とて、このような生々しいことを訊ねたくはありません。ただただ──」

「呪いを解くためだと言うのだろう？」

ユリアスの静かな怒りを感じ、ベイリーはさすがに一歩を退いた。だが、その目はまばたきひとつせず、主を見据えている。

「子ができるかどうかは、誰にもわからぬ。だが、もしリオンが孕んだとしても、それは呪いを解くためだけに叶ったものではない。私たちが育んできた心と時の結果だ」

「それはよくわかっておりますとも。私が何年、あなた方二人を見てきたと思っているのです？」

ベイリーの答えは意外だった。

「多くの仲間がいなくなり、敬愛する父王さまも果てられた。残された者と幼いあなたを抱え、私は夢を見ることでしか、生きていくことができなかった。ユリアスさま、リオンは私にとっても、未来を叶える大切な大切な夢だったのです。ご存じの通り、私はこのような言い方しかできません。ですが、私が呪いを解くためだけに、あなた方のお子を見たいと思っているなどと、考えないでいただきたい」

「……すまなかった」

ユリアスはベイリーの前に頭を垂れた。ベイリーは忠誠心に厚いとリオンに言っておきながら、恥じ入るような気持ちだった。

「そうだな。今はただ、良い知らせを待っていてくれ」

ユリアスが微笑むと、ベイリーはにやりと笑った。そしてユリアスは、懸念だったことをベイリーに問うた。

「ところで、イルザは最近、どうしている？」

「それが、少し前まで、様子がおかしかったのですよ」

ベイリーは苦虫を噛み潰したような顔をした。

「話しかけてもうわの空で、目の焦点が定まらない。かと思うと急に笑い出したりして……とても城の仕事をさせられる状態ではなかったので、部屋から出るなと言いました。それが、昨日あたりから急に、憑き物が落ちたように元に戻って驚いていたところです……イルザのことがどうかしましたか？」

間違いない。ベイリーの話を聞き、ユリアスは確信した。

「イルザは、魔獣族に操られて、リオンに近づいた節がある。グリフィスという、魔獣族の生き残りだ」

「なんですって！」

聞き捨てならない話に、ベイリーは仰天した。

「リオンはイルザから、オメガと呪いの話を聞いたと言っていた。イルザの背中に、コウモリの翼の幻も見えたそうだ」

「魔獣族が、いったいなんのために……」

「やつらは弱い心につけ込んで、その心の主を操る魔術を行う。イルザはその術中に落ちたのかもしれない。これは私の推測だが、グリフィスはリオンを狙っている。そのためにイルザに近づいたのだろう」

「わかりました」

ベイリーは即座に答える。

「念のため、イルザには当面部屋から出るなと言っておきます」

「そうしてくれ。申し訳ないが……」

頼もしくうなずき、ベイリーは部屋を出た。ひとり残されたユリアスは、獣に変わった右手の拳をぎゅっと握りしめる。

ボートの中で、イルザはリオンに思いをぶつけていた。自分自身もイルザに嫉妬したように、イルザもまた、私に嫉妬していたに違いない。その心につけ込まれたのではないか。

「許せない」

弱った心につけ込むなどと。しかも、誰かを恋うる心を利用するなど。

私は今度こそ、魔獣族を滅ぼして森の安寧を取り戻す。グリフィスの狙いが何であるかはわからないが、リオンとの未来を実現するためにも、それは避けては通れないことなのだ。

今までの私は、森の再興を目指すと言いながら、どこかで諦めていたのかもしれない。だが、リオンがそんな自分に気づかせてくれた。

(私には、この腕があり、リオンがいる)

ユリアスは、新たな闘志を胸に抱いた。

＊＊＊

リオンとユリアスが城に戻った数日後、二人は城を出て森の中を歩いていた。

欲情に炙られていた身体は元通りになり、やっと気怠さを感じずに動けるようになったところだ。

そしてリオンは、城に戻ってからの数日間、あることを考えていた。

ずっと城の外に出ることを禁じられ、自分にとってはそのことが当たり前だった。だが今、リオンが思ったのは、森を知りたいということだった。

ユリアスが森に何を思い、願ってきたのか。

これまで城の外に出たいなどと思ったこともないリオンだったが――むしろリオンにとって森は辛い記憶の場所だった――だが、呪いを解くためにも、もっとユリアスのことを知りたいと思ったのだ。

（何年も一緒にいたのに、ぼくはユリアスさまのことを、あまり知らないんだ）

「何を考えている？」

隣を歩いていたユリアスに訊ねられる。

「森の野獣族としてのユリアスさまのことを、もっと知りたいって考えてたんだ」

笑顔で答えて、リオンは空を仰ぐ。だが、空は立ち枯れた木々の隙間（すきま）から、少し見えるだけだった。

捨てられた時も感じたように、森は暗く、朽ち果てた有り様が痛々しかった。あの日の森の記憶は、リオンの心に今も哀しい思い出として眠っている。

「野獣族だったのは、たった五歳の頃までだ。ちょうど、出会った時のリオンと同じくらいだ。それからずっと、この姿で生きている。だが、なぜだろうな。森へ出ると、私は野獣族だと確かに思うのだ。もう、人の姿でいる方が長いのにな」

「それは、ユリアスさまが森を愛しているからだね」

リオンは静かに、哀しげなユリアスに寄り添う。

「そして、森もきっと、ユリアスさまのことを好きなんだと思う」

「そうか……そうだな」

答えたユリアスは歩みを止め。辺りを見渡した。

「リオン、私はこの森をよみがえらせたいと思っている。早くおまえに見せたいよ。木々の緑、咲き乱れる花々、動物たちが元気に暮らし、そして一族の者たちの笑顔があふれている、あの森を」

今まで、ユリアスがこんなふうに未来を語ったことはなかった。いつも優しくて、温かくぼくを包んでくれたけれど、どこか淋(さび)しそうで……。

「私は、諦めていたのだと思う」

ユリアスは、枯れ枝にそっと手を触れた。

「森を再興するなどできない、呪いを解くことなどできないと。だが、おまえが私に多くのことを教えてくれた」

「そんな……ぼくは何もしていないよ。ぼくの方こそ、ユリアスさまに守られるばかりで。だからこそ、呪いを解きたいんだ。そのためにはどうすればいいのかを、ずっと考えてる」

リオンは力強く答えた。足元の草は真っ黒に枯れたままだが、草花が咲き乱れた道が見えるような気がして、目を細める。

「だから、森を見たいと言ったのか」

リオンは明るくうなずいて、うんと手を伸ばし、森の空気を吸い込んだ。

「呪いが解けたら、きっと森も元通りになるよね。だって、ユリアスさまがいるんだもの」

背中から、ぎゅっと抱きしめられる。リオンの背中は、重ねられたユリアスの体温で温かくなった。

「父上には願いがあったんだ」

ふっとユリアスは語り始めた。顔は見えないけれど、遠い目をしているんじゃないだろうか。そう思えるような口調だった。

「人の国と交易をすることだ。豊富な森の資源と人の国の農作物や薬などを交換して、互いの国に不足しているものを補う。野獣族は頑健だから、人の国の働き手としても力を発揮できる。一方、野獣族は自分たちが知らない人の国の様々な技術を学べる。そうすれば、人も野獣族も今よりももっと豊かに暮らせるというのが、父の理想だった」

「素晴らしい理想だと思う！」

リオンは興奮気味に目を輝かせて振り向いた。

「刈り入れ時なんて、お父さんひとりじゃ大変だって言ってたもの。……ほんとにそんな日が来たらいいな……」

今度はリオンが遠い目をする。ユリアスは包み込むようにリオンに笑いかけた。

「必ずそうなる。そうしてみせる。私たちだからこそ父の描いた未来を実現できる。だが、その前に……」

「その前に？」

ユリアスが言葉を途切れさせたその先を、リオンは促した。だが、ユリアスはいたずらを思いついたような顔で笑う。

「その先は、今、目の前にある全てのことが終わるまで、取っておこう」

その顔がとても幸せそうだったので、リオンはそれ以上何も聞かず「うん」とうなずいた。

　未来の約束があるという幸せが、今のぼくも幸せにしてくれる。閉じられていた世界が開いていく。その世界を一緒に歩いていける人がいる。

　目の前が明るくなるような感覚が押し寄せて、リオンは問いかけた。

「ねえユリアスさま、終わるんじゃなくて、始まるんだよね、きっと」

　ユリアスは一瞬、不意をつかれたように息を呑んだ。それから、腕の中のリオンをもう一度、強く抱いた。

「終わりではなくて始まり……リオンは、私を目覚めさせる天才だな。今、頭を殴られたような気がした」

「ぼくはユリアスさまを殴ったりしないよ」

　リオンは唇を尖らせ、ユリアスはそんなリオンを見て、また幸せそうに笑った。

「それはもちろんだが」

　木々の隙間からのぞく空を仰ぎ、ユリアスは噛みしめるように呟く。

「今まで気づかなかったが、見えなくても、空はそこにあったのだな……」

　ユリアスさまが、どんどん変わっていく。ぼくも置いていかれないようにしないと。

　だって、側にいるって約束したのだから。

（イルザにも、もう一度はっきりと言うんだ。ぼくはユリアスさまが好きだって）

そうして、拭いきれない彼への違和感を思い出さずにはいられなかった。

『あいつに手をつけられる前に俺のところへ来い』

イルザはそう言った。手をつけられるという表現は本意ではないが、今ならばそれがどういう意味だったのかよくわかる。

ユリアスと結ばれた今、そんなことは無意味だし、そもそもリオンはイルザの下卑た命令に従うつもりもなかった。

どれほど呪いについて知りたくても、そんな取引に応じることは絶対にありえない。だが、イルザに俺のものになれと言われたことは、宙に浮いたままなのだ。

ちゃんと終わらせないとだめだとリオンは思った。終わりを始まりにするために向き合うんだ。そして、リオンが行動に移すよりも早くその機会はやってきた。

アルマを通し「昼食が済んだら、そのまま待っていてくれ」とイルザが伝えてきたのだ。

二人きりではなく、すぐ近くでアルマが立ち働いている食堂だ。

以前、イルザが突然、部屋に現れたのはいかにも不自然で、不気味だった。そして、あのコウモリの翼の幻……思い出すだけでも背筋が冷たくなる。

そうしてリオンの目の前に現れたイルザは、少し痩せたような気がした。いや、やつれたといった方がふさわしいだろうか。

「リオン、呼び出してすまない。俺が出向くより、ここで話す方がおまえは安心だろうと思って」

控えめに切り出したイルザは、以前に感じた禍々しい違和感はどこにもなかった。少々弱ってはいるが、リオンのよく知っている、まっすぐな目をしたイルザだ。

「ううん、ぼくもイルザと話したいことがあったから」

「よかった。おまえが来てくれて」

イルザは、ほっと息をつく。

「俺、あの時ひどいこと言っただろ？　だからもう、口利いてくれないんじゃないかって思ってたんだ」

「うん……あのイルザは、まるで別人みたいだった」

リオンが正直に答えると、イルザは恥じ入るように目を伏せた。

「言い訳になるかもしれないけど、俺、確かに変だったんだ。おまえとユリアスさまのことを考えていたら、だんだん底なし沼にはまるみたいでさ。確かに嫉妬はしていたけど、まさかあんなことを言ってしまうなんて……何かに操られてるみたいに、心が言うことをきかなかったんだ」

操られて——。

イルザの話を聞いたリオンの頭を、あのコウモリの幻がよぎっていく。まさか……でも、そうなのかもしれない。

コウモリの幻のことをイルザに話した方がいいのだろうか。迷っていると、イルザは頭を垂れた。

「でも、俺が吐いた言葉には違いないから……誓ってあんなことを言いたかったんじゃないんだ。信じてくれ……って、勝手かもしれないけど」

「信じるよ。だってイルザがあんなことを言う人じゃないって、ぼくはよく知ってるから」

強張(こわば)っていたイルザの顔がほうっと緩む。きっと、とても緊張して、そして、リオンの反応が怖かったのだろう。だが彼は、ほどなく戸惑いをうかがわせる顔になる。

「それから、魔獣族に関(かか)わって知ってしまった以上、黙っているのはよくないと思ったから話しておく」

言い淀(よど)んでいたイルザは、やがて心を決めたようにきっぱりとした口調で言った。

「操られていた間に知ったんだ。おまえ、野獣族の呪いを解くことができるオメガだったんだな」

「うん……そうだよ。でも、ぼくもずっと知らなかったんだ」

何も隠さず、リオンは率直に答えた。イルザは「そうか」と短く答える。

「ユリアスさまはきっと、おまえを傷つけたくなくて言わなかったんだろうな。だって、そうだろ？　自分はそのためにここにいるんだって、卑屈になってたかもしれないだろ」

イルザがユリアスを理解してくれていることが嬉しくて、リオンは　自然と笑顔になる。

「それでね、あの……言おうかどうしようか迷ったんだけど」

今度はリオンがおずおずと切り出す。やっぱりコウモリの幻のことを話しておこうと思ったのだ。ぼくについて知ってしまったことを、ちゃんと話してくれたイルザだから。

「なんだ？　俺のことは気にせずになんでも言ってくれ！　もうおまえに迷惑かけたくないんだよ」

見つめてくる曇りのない目に安心して、迷惑なんて……と、リオンは口にした。

「あの時イルザの背中に、コウモリの翼の幻が見えたんだ。とても怖い感じだった……ごめんね、ぼくの方こそ黙っていて」

「コウモリ……やっぱり俺は魔獣族に操られていたのか」

イルザは苦々しく答えた。悔しげに、眉根が寄せられている。

「知っていたの？」

「数日前に父親から聞いたんだ。ユリアスさまがそう言って、心配してくださってたって」

　ユリアスさまがイルザのことを……？　驚きながらも、リオンは胸の中がほうっと温まるのを感じていた。イルザがユリアスを理解してくれたように、ユリアスがイルザを気遣っていたことが嬉しかったのだ。

（優しさって、つながっていくんだな。相手を思いやれば、こうやって）

「自分が情けないよ。魔獣族につけ込まれて利用されるなんて……そんなこと信じるものかって思ってたけど、でも、これで吹っ切れた」

　悔しそうだったイルザはさばさばとそう言って、歯を見せて笑った。そして、真面目な顔になる。

「俺が、おまえのことを好きなのは本当だよ。それは信じてほしい。そして、改めて言わせてくれ。リオン、俺の心を受け取って、どうか、俺の側にいてほしい」

　イルザの真摯な告白を、リオンは正面から受け止めた。イルザが真心を示してくれたように、今、自分も同じように向き合いたいと思う。

「ありがとう、イルザ。ぼくをそんなふうに思ってくれて。でも、ぼくはユリアスさまが好きなんだ。子どもの頃からずっと好きだった。だから、イルザと一緒には行けない」

「……わかってたよ」

少し間を置いて、イルザは答えた。

「でも、ちゃんと気持ち伝えて、おまえの口から答えを聞いて、けじめをつけたかったんだ。これですっきりしたよ」

なんて言っていいのかわからなくて、リオンはただ、うなずいた。

「そんな泣きそうな顔するなよ。おまえは優しいから、俺のことを気にしてくれるんだろうけれど、そんなこと考えずに、ユリアスさまと幸せになれよ」

「ありがとう……」

「呪いが解けたら、俺はもっと仕事を覚えて、父親のあとを継ぐ。それで、ユリアスさまが王になった時に、俺がいなくちゃ困るような家臣になるから、おまえも見ててくれよ。ユリアスさまの隣で」

イルザは昔のように、やんちゃな笑顔をみせた。リオンも釣られて笑う。二人の間に、昔のように、穏やかな空気が戻ってきた。

ふと、イルザに呪いのことを聞いてみようかとリオンは思った。操られていたイルザは、呪いを盾にリオンを脅したが、本当のイルザは、どこまで呪いのことを知っているのだろう。

（何か手がかりでも摑めたら……いや、人を頼ってちゃだめだ。これはぼくが考えて答えを出さなきゃいけないことだから）

二つの思いの間で、リオンは揺れ動いていた。そんな迷いが顔に出ていたのかもしれない。イルザが「どうした？」と訊ねてきた。

「うん、あの……」

「呪いを解く方法のことか？」

単刀直入に答えが返ってきて、まるで心の中を覗かれたかのようにリオンは目を瞠った。

「そのことについては、何も知らないんだ。操られている間も、呪いのことは何も見えてこなかった。力になれなくて悪いけど」

イルザは申し訳なさそうに答え、リオンは「そんなことないよ」と、笑顔を向けた。

「これは、ぼくが自分の力でやり遂げないといけないことだから。絶対にみんなやユリアスさまのために呪いを解いてみせるから、見ててよ」

「そんなに力むなよ」

肩をぽん、と叩(たた)かれる。

「俺たちはずっと、ユリアスさまを心から愛してくれる相手が呪いを解くんだって教えられてきた。だから、希望を捨てるなって」

イルザは静かに続ける。確かに、力みすぎていたのかもしれない。リオンは身体から、いい具合に力が抜けていくのを感じていた。

「具体的な方法までは、俺は知らない。だから俺がおまえに言ってやれるのはこれくらいなんだ。……もっとおまえの力になれたらよかったんだけど」

「ううん！　すごく元気が出たよ。ありがとう、イルザ」

リオンは力強く答えた。イルザの話を聞き、目の前の霧が晴れたかのようだった。

ぼくはユリアスさまを愛してる……だから、ぼくにしかできないこと、他の誰にもできないことがあるはずなんだ。

「それならよかった。なあリオン、さっきも言ったように、おまえは野獣族の希望だ。ユリアスさまも、親父（おやじ）もきっとそう思ってる……でも、本当にあまり思い詰めるなよ」

リオンは感謝を込めてうなずいた。心に、さわやかな風が吹き込んでくる。何かが摑めそうな感じがした。

「じゃあ、俺はそろそろ部屋に戻るよ。魔獣族に取りつかれないように、まだ部屋から出るなって親父に言われてるんだ」

苦笑しながらイルザは立ち上がる。
（でも、今のイルザならきっと大丈夫だ）
リオンはそう思いながら、イルザの背中を見送った。

6

――ユリアスさまを心から愛してくれる相手が。

イルザから聞いた話を抱きしめながら、リオンは食堂をあとにした。

階段を上りながら、ユリアスの右手が獣の手に変化した時のことを思い起こす。

あの時、もう少しで呪いが解けたんじゃないだろうか。あの時、ぼくは何をした？　よく思い出せ……。

それは、発情期に初めてユリアスに抱かれ、目も眩むような快感を味わっていたさなかの出来事だった。

（ユリアスさまがぼくのなかで達した時だった。ユリアスさまに愛してるって言われて、身体のなかで受け止めて、ぼくは幸せと気持ちいいので壊れそうになっていて……）

だが、思い出せば思い出すほど恥ずかしさでいたたまれなくなってくる。それに、我を失っていたから、記憶があまり鮮明でないのだ。

「ふう」

リオンはため息をついた。顔が熱い……だが、ここにきっと鍵がある。恥ずかしがってないで思い出せばきっと……。

（ユリアスさまなら、あの時のことをよく覚えてるかもしれない。聞くのは……やっぱり恥ずかしいけど）

訊ねられるユリアスも、さぞいたたまれないだろうというところまでは至らず、リオンは無邪気に考えた。

だが、リオンが部屋に戻ると、調べ物をしていたユリアスの姿が見えなくなっていた。

（森に出かけたのかな？）

今まで、ユリアスが黙って出かけたことは一度もない。どうしてもリオンを置いていかなければならない時は、十分すぎるほどに留守中の注意を言い置いていくのだ。

机の上には、本が開いたままになっている。だが、いつも身のまわりを整然と整えているユリアスは、本をこんなふうに開いたまま放置したりしない。

（席を立っただけなのかもしれないけど……）

よほど慌てていたか、普段の自分を見失うほどに切羽詰まっていたか……妙に胸騒ぎがする。

だが、城の中を探そうと部屋を出ようとした時、

「リオン」

背後からユリアスに呼びかけられた。

「なんだ、部屋の中にいたの？」

「私がいない間に、あの男に会ったのか」

リオンの返事を無視して、ユリアスは冷たい声で詰問した。明らかに叱責している口調だ。

「えっ？　ぼくは、アルマのところでイルザと話をしてくるって言ったよ。ユリアスさまも、アルマの近くならいいいって言って……」

ぼくの思い違いだろうか。

考える間もなく、リオンは言葉半ばでユリアスに手首を掴まれ、床の上に押し倒された。乱暴な所作とぎらぎらした目に、一瞬、息を呑む。

「私を愛しているなら、その証を見せろ！」

唐突に言い放って、ユリアスはリオンの衣服に手をかけた。衣服は切り裂かれ、ボタンが部屋中に弾け飛ぶ。

「待って、ユリアスさま！」

叫んだ唇を奪おうとされ、リオンは間一髪のところで逃れた。ユリアスの目はさらに怒りに燃え、押さえつけられた手首に指がぎりぎりと食い込む。

(違う！　ユリアスさまじゃない。ユリアスさまはこんなこと絶対にしない！)

脚をばたつかせ、首を振り立てて、リオンは必死に抵抗した。ユリアスは怒り、リオンの頬に平手が飛ぶ。

「……っ」

「私の言うことを聞け！」

ユリアスはリオンの細い首に手をかけた。指が食い込み、喉が圧迫される。

(苦しい……息、が……)

リオンをあざ笑うかのように、やすやすと片手で首を絞められる。リオンはもがきながら、その手をほどこうとして戦うが、次第に意識が薄らぎ始めた。

(おかしい、手が……)

手放しそうな意識の中で、リオンはぼんやりと思った。

(獣の手じゃ……ない？)

「甘い匂いをさせやがって……やっぱりおまえは淫乱なオメガだ」

(ち……がう、ユリアスさまじゃ、ない……)

毛も爪もない右手が、リオンのはだけた胸や下半身を撫で上げる。

（たす、けて……ユリアス、さま……）

「殺しはしない。おまえは俺の役に立ってもらわねばならないからな」

「ユリアスさま……っ！」

首を絞めていた手が緩んだ刹那に、浅い息をひゅっと吸い込み、リオンは叫んだ。

「助けて、ユリアスさま！」

「叫んでも無駄だ。おとなしくしろ」

「離せ、あんたはユリアスさまじゃない！」

「うるさい！」

怒号が地鳴りのように響いた時、扉がバタンと大きな音を立て、真っ二つに割れるようにして倒れた。

「リオンを離せ、グリフィス！」

目の前には、もうひとりユリアスがいた。長い剣を携え、見事な金髪は獅子のたてがみを思わせるほどに、逆立たんばかりだった。

対峙する、二人のユリアス――だが、ひとりは偽物だ。押さえつけられたまま、リオンは剣をもつユリアスを見つめた。

「すぐに助けてやる」

愛にあふれたまなざしがリオンに注がれたあと、それは一転して怒りの塊となり、偽物へと向かった。

「どうして扉を破った！」

「この剣を見忘れたか。これは、父が魔獣族の王を斬った剣だ。おまえの術を破ることなど造作もない」

ユリアスは偽物めがけてその切っ先を突きつけた。

「よくもリオンの幻など使って私をたぶらかしてくれたな」

「ぼくの幻？」

「おまえが突然、空中に現れて、ふっと消えたのだ。それでおまえに何かあったのではと、動転して部屋を飛び出してしまった。一生の不覚だ。一瞬でも魔獣族の拙い術を見抜けなかったなどと……！」

「おのれ！」

怒りで飛びかかる偽物を剣でかわし、その隙にユリアスはリオンを背に庇った。

同じ顔をした二人の男が火花を散らさんばかりに睨み合う。だが、リオンが本当のユリアスを見分けられないわけがない。

（ユリアスさま、来てくれた……そしてこれが魔獣族の生き残り……！）

どこから見てもユリアスだ。だが、右手が違う。偽物の右手は、人の手のままだ。そして、いくら姿かたちを似せても、その心まで真似することはできない。

「おまえは命が危険に晒されると、花の香が強くなるのだろう。だから私は術に気がついておまえを助けに来ることができたのだ」

偽物を睨みつけたまま、ユリアスは背に庇ったリオンに語る。花の香は、発情期にも強くなる。

それは、愛する人を求めるがゆえの本能なのかもしれない。

「ユリアスさま、ぼくも戦うよ……！」

ぼくもユリアスさまを守りたい。感極まってリオンは答えたが、ユリアスは背中越しに優しく諭した。

「今、私に守られていることがおまえの務めだ」

その言葉の頼もしさに、リオンは胸を震わせた。そして、せめて足手まといにならぬようにと、気持ちを引き締める。

一方、偽物は、視線で殺しそうなほどにこちらを睨みつけている。ユリアスと視線がぶつかり合い、火花が散った。

「覚悟しろ！」

永遠にも思えた緊迫状態を破り、ユリアスの顔をした偽物は再び二人に襲いかかってきた。ユリアスはすかさず剣を翻すが、コウモリの翼がそれを阻んだ。

偽物の身体が一部だけ変化していた。片腕だけがコウモリの禍々しい姿に、リオンは息を呑む。

「どうした？　術が解けてきたのか？　おまえの今の魔力では、術が長い間もたぬのだろう」

「おまえこそ、そのオメガを庇いながら人の姿で魔獣族に敵（かな）うと思うのか？」

咆哮しながら、偽物の身体が再び変化を始めた。

コウモリの翼が生え、その先端の指には鉤爪（かぎづめ）が鈍く光る。鳥の脚に、ツノが生えた頭、ぬめぬめと光る黒い皮膚……リオンは正視できず目を覆った。

「本性を現したな、グリフィス……！」

魔獣の爪の攻撃を剣で受けながら、ユリアスが叫ぶ。

「おまえこそ、森の輩（やから）などさっさと滅びてしまえばいいものを！　そのオメガは俺がもらう。俺の血肉となるためにな！」

「血肉だと？」

眉間を険しくしたユリアスを、グリフィスはせせら笑う。リオンは自分に対するその

生々しい表現に、血の気が引くのを感じていた。

「そうだ……！　知らぬだろうから死に土産に教えてやろう」

いやだ。聞きたくない。リオンはユリアスの陰で耳を塞いだ。だが、グリフィスの下卑た声はリオンの鼓膜を容赦なく突き抜ける。

「発情期を迎えたオメガの小僧と交われば、魔獣族の精力は増し、魔力も増大する。そのあとに食ってしまえば尚のこと」

クックック、とグリフィスは笑い、それは高笑いになった。

「だから、昔からリオンを狙っていたのだな……！　汚らわしい奴め」

「今頃気づいても遅い」

「なんとでも言うがいい。私のリオンには指一本触れさせない！」

ユリアスの叫びとともに二人はぶつかり合った。その衝撃波で窓が壊れ、天井にひびが入る。

「危ない！」

天井が崩落し始める。ユリアスはリオンを片腕で抱いて、バルコニーへと転がり出た。

天井とともに上の部屋が崩れ落ちれば、下敷きになってしまう……！

だが、間一髪のところで崩落から逃れたものの、バルコニーも崩れ落ち、リオンとユリアスは抱き合ったままで瓦礫に呑み込まれた。

「俺が手を下すほどのものでもない。か弱い人の身体のままで潰れてしまえ！」

「リオン、私の手を離すな！」

「助けて！　森の木たち！」

コウモリの羽音とグリフィスの高笑いが聞こえる中、リオンは叫んでいた。

地面に叩きつけられる……！

だが、リオンとユリアスが受けた衝撃はごくわずかだった。受け止めてくれたのは、庭の樫の木。密集した枝の上に二人はいた。

「運のいいやつらめ。今度こそ葬ってくれるわ！」

グリフィスが空中から襲いかかってくる。バサリと風を切る羽音をユリアスの剣が阻み、爪と刃が衝突する、甲高い金属音がした。

「ぐああ！」

グリフィスの咆哮とともに、空を舞う鉤爪をリオンは見た。ユリアスは肩で息をしながら、その様を見据えている。だが、その時、異変が起こった。

ユリアスの剣が、柄を残してはらはらと塵になった。そんな……何が起こったの？　リオンは怖れをたたえた目でユリアスを見上げた。

「役目を終えたのか……。父上、守ってくれてありがとうございます。ここからは、私は自分の力で戦います」

厳かにそう言って、ユリアスはひとりで木を下りる。地面では、指から血を流し、羽の一部を失ったグリフィスがのたうっていた。

「おまえはそこにいろ。リオン。魔獣族は緑の葉に触れることを嫌う」

「でも、ユリアスさま！」

見ているだけなんていやだ……！　だが、ユリアスは優しく微笑んで再びグリフィスに対峙する。

（そんな……）

剣を失った人の身体のままで、ユリアスは闘志を燃え上がらせた。武器はただ、右腕の獣の爪のみ……！

「往生際の悪いやつめ……」

力が回復したのか、グリフィスが立ち上がった。

「それはおまえだ。片羽では空中に逃げることもできぬだろう」

再び、ユリアスとグリフィスの戦いが始まる。

片翼と爪を一本失ったといえど、魔獣のグリフィスに比べ、獣化しているのは片腕のみのユリアスは、圧倒的に不利だった。

もっとも、気迫では負けてはいない。獣の爪を閃かせ、叩きつけ、普段のユリアスからは考えられない迫力だった。だが、身体的に不利なユリアスは次第に防戦一方となっていく。

(考えろ。ぼくにできることはなんだ？)

リオンは呼吸も忘れそうな思いで、戦うユリアスを見守っていた。心の中は、無力な自分への憤りでいっぱいだった。

(オメガのぼくが呪いを解くことができるなら、今、ユリアスさまを助けることもできるはずだ……考えろ、リオン。ぼくにできることはなんだ？)

ユリアスの呼吸は荒くなり、足元がふらつき始めた。力が弱ったといっても、魔獣と人の差は明らかだった。

(ユリアスさま！)

ふらついた足元に石があった。つまずいたユリアスは身体の均衡を崩し、その場に膝をついてしまう。

「終わりだ！」

グリフィスの勝ち誇った声と、飛び散る鮮血……リオンは、ユリアスの肩が切り裂かれたのを見た。

一気に血を失ったユリアスは、その場に倒れ込んでしまう。

その血の気の引いた顔を見た時、リオンの中で何かが爆発した。ユリアスを失うかもしれないという怖れが、グリフィスのことも忘れさせた。ユリアスしか見えていなかった。

滑り落ちる勢いで木を下り、ユリアスに駆け寄る。

いやだ！　いやだ！　あなたを失うなんて……！

「ユリアスさま！」

グリフィスは、ユリアスの向かいで手首を押さえてうずくまっている。二本目の爪が地面に転がっていた。攻撃された刹那に力を振り絞り、ユリアスはグリフィスに一撃を入れていたのだ。

だが、リオンにはその姿も見えていなかった。

リオンの全身全霊はただユリアスだけに向かっていた。力なく落ちた身体を抱きかかえ、リオンは悲痛な声で叫んだ。

「死なないでユリアスさま！　愛してる……！」

そして、色と呼吸を失った唇に、祈りのように息を吹き込む。何度も唇を重ね、リオンは「愛してる」と泣いた。

――何度目のくちづけのあとだったか。

バキッ、とユリアスの皮膚がわなないた。

骨と筋肉が波打ち、黄金の髪が質量を増して顔を包んでいく。衣服を破り、黒い毛に覆われた逞しい上半身が現れる。左腕も、足も、猛々しい獣のものに変わっていた。琥珀色の目を輝かせ、空も割れよとばかりに、ユリアスは高らかに吠えた。

（獅子……？）

驚きながらも、気高く立派な獅子獣人の姿から、リオンは目が離せない。

何が起こったの？　これは……誰――？

「ユリアス、さま……？」

愛する者の名前以外、言葉を失ってしまったリオンは、本来の姿を取り戻したユリアスに抱き上げられた。今まで以上に軽々と、まるで大木に抱かれてるように心強い。

「呪いは解かれたのだ。ありがとう……リオン」

「解けたの……？」

逞しい腕に抱きしめられても、リオンは呆けたままだった。その獣の姿を見ても、ユリアスから聞いても、頭の中が整理できない。

「あとで、ゆっくり話そう」

ユリアスはリオンをそっと地面に下ろした。

優しい声、リオンを宝物のように扱う、心のこもった仕草。それは獣の姿になっても変わらない。

リオンの目の前で、ユリアスはグリフィスに向けて、どくどくと脈打つ左の拳を突きつけた。

「どうだ。これが私たちの愛ゆえの姿だ。よく見ておけ」

「こざかしい……父の呪いを解くなどと！」

爪を二本失いながらも、憤怒に燃えるグリフィスは立ち上がった。

魔力で力を回復しているのだろうが、そのしぶとさは並のものではない。野獣ユリアスと魔獣グリフィスは睨み合い、今度こそ決着をつけるべく最後の戦いが始まった。

野獣の身体能力を取り戻したユリアスは軽々と跳躍し、体重を乗せた突進でグリフィスを翻弄する。鋭くて厚い爪は目にも留まらぬ速さで閃き、そのたびにグリフィスに痛手を与えた。

（すごい……これが野獣なんだ）

がんばって、がんばってユリアスさま。祈ることしかできない。リオンは固く手を握り合わせ、一心に呼びかけた。

（ぼくはユリアスさまを信じてる）

だが、自分に言い聞かせても、裏腹に心臓の鼓動は高まるばかり。

ユリアスの野獣の力の前に、グリフィスの動きはだんだんと鈍くなっていった。ここまで慢心して魔力を使いすぎたために、回復が追いつかず弱っていく。ユリアスはついに決定的な一撃を加え、グリフィスは野獣の爪の前に力尽きた。

「はは……魔獣族ともあろうものが、野獣などに、敗れる、とは……だが、留めを刺させはせぬ！」

叫んだグリフィスは胸に爪をかけ、自らの身体を真っ二つに引き裂いた。血しぶきが飛ぶ代わりに裂け目から火が噴き出し、一瞬のうちにグリフィスは炎に包まれる。

「リオン、伏せろ！」

燃えさかる炎を背に、リオンはユリアスの胸に庇われた。炎の中から高笑いが聞こえてくる。耳を塞いでも、その笑い声はリオンの耳に届いた。

やがて、火は一気に燃え上がって突然に消えた。あとには、ひとすくいの灰すら残っていない。木の枝や、地面の草が燃えた形跡もなかった。

辺りは静寂に包まれた。

ユリアスの腕の中で、リオンは固く瞑っていた目をそうっと開けた。心臓がまだ痛いほどに鼓動を打っている。

「……終わったの？」

リオンはおそるおそる訊ねる。

「ああ、終わった……」

「ユリアスさま！」

ああ、ユリアスさまが生きている……！　リオンは、ユリアスを力いっぱい抱きしめた。野獣の胸板は厚く、背中は広くて懸命に両手を伸ばしても、抱ききることはできない。だが、リオンはあらん限りの力で、戦い抜いた愛しい身体をかき抱いた。

「よかった……ユリアスさまが無事で」

リオンははっと顔色を変え、顔を上げる。

「怪我(けが)は？　肩は大丈夫？」

傷はいくつかあるが、大きな怪我はなく、ユリアスは元気だった。切り裂かれた肩の傷も、いつの間にか塞がっている。

「野獣の姿に戻った時、ありえないほどの生命力が漲(みなぎ)るのを感じた。その時に塞がったのだろう」

ユリアスの言葉に、リオンはほっと胸を撫で下ろす。ユリアスは両手で、その顔を掬(すく)い上げた。

「おまえは本当に私が怖くないのか？」

その声にはいくぶん、危ぶみが含まれていた。にこっと笑ったけれど、涙があふれて止まらない。リオンはもう一度ユリアスを抱きしめ、黒い毛に覆われた胸に顔を埋めた。その背をユリアスの手が撫でてくれる。爪を気にしながら、優しく、何度も、何度も。

「ユリアスさまー！」

「リオン！」

半壊した城の中から、城の者たちが駆けてくる。それは、ユリアスと同じように本来の姿を取り戻した、犬獣人のベイリーとアルマ、イルザたちだった。

7

ユリアスとグリフィスの戦いにより、城は半壊状態だったが、皆はそれぞれに本来の姿を取り戻し、無事だった。

「野獣となれば人の姿よりも身体能力は格段に違いますから、逃げるのは難しいことではありませんでしたよ。お忘れですか？　ユリアスさま」

建物の崩落で皆を危険な状態に巻き込んでしまったとユリアスが詫びると、ベイリーは頼もしく、野獣の胸を叩いてみせた。皆はイルザの誘導により、迅速に避難していたのだという。

「我々の本能の力は鈍っていませんでした。確かに、まさかこのような事態になるとは思ってもいませんでしたが、私たちもユリアスさまに救われるばかりでお役に立てず、申し訳ありませぬ」

「皆が無事で、野獣の姿を取り戻してくれたなら、それでいいのだ」

ユリアスの目に光るものがある。これで、王子としての悲願をひとつ果たすことができたのだ。リオンは、その姿を感慨深く見守っていた。

「リオン」

不意にベイリーに名を呼ばれる。リオンは驚いてベイリーの方を向いた。彼の隣では、イルザが父を支えるようにして立っている。

「こうして呪いが解けたのは、おまえのおかげだ……感謝してもしきれない。おまえがユリアスさまを愛してくれたからこそ」

「そ、そんな、ぼくはただユリアスさまの側にいただけで……呪いを解いて魔獣族を滅ぼしたのはユリアスさまの力だよ」

「そんなに照れなくともよいではないか。まずは何もかもが喜ばしいことだ」

ベイリーは立派な犬の尾を揺らし、『何もかも』を強調した。それがとても意味深で、リオンは赤くなって慌ててしまう。

「な、何言ってるの！」

「もう、それくらいにしてやってくれ」

笑顔で助け船を出してくれたのはユリアスだった。

「リオンは今も、これからもずっと無垢なのだ。私たちは離宮へ出発するから、あとは頼む、ベイリー、イルザ」

「はい、こちらのことはご心配におよびません。ごゆるりとお身体を休めてください」

答えたのはイルザだった。若き野獣としての立ち姿も立派で、その頼もしさにリオンは目を細める。

皆は壊れた城の修繕にあたることになり、リオンとユリアスはその間、離宮で暮らすことになった。

離宮は、リオンが発情を迎えて、ユリアスと濃密な時を過ごした場所だ。その場所でユリアスさまと二人だけで暮らす……思わず発情期のことを思い出してしまい、リオンは落ち着かなかった。考えるだけで身体が熱くなってしまいそうだ。

（それに、もうすぐ発情期だし……）

発情を抑制する薬は飲んでいるが、効き目がないような気がしていた。徐々に、体温が上がっている感覚があるからだ。

今は、何も知らなかったあの時とは違う。

身体で愛をかわす悦びも、ユリアスの精を受ける幸せも、自分の身体の奥に、オメガである証が息づいていることも、全てを知っているのだ。

（ユリアスさまは、何も思わないのかな……）

姿かたちは野性的に変わっても、これまでと同じように物静かなユリアスを見ていると、自分ひとりが慌てているようで、さらに落ち着かない。

ユリアスは、アルマとともに荷造りの確認をしていた。気がつけば、その姿を目で追っている。リオンは改めてユリアスを見つめた。

黄金に輝くたてがみは裾へ流れるほどに黒くなり、身体の黒い被毛と溶け合って本当に見事だ。体軀は言うまでもなく、まさに王者と呼ぶにふさわしい風格……その姿は、他の者たちと違っていた。

『獅子の姿をもつのは、王族だけなのです』

ベイリーがそう言っていた。特に、ユリアスはアルファだから、より立派なのだと。

――ぼくは、ユリアスさまに巡り会うためにオメガに生まれてきたんだね。

自分の言葉が思い出される。

そうだね。オメガに生まれてきたから呪いを解くことができたし、こんなに立派なユリアスさまに出会うことができたんだ。

(もちろん、人の姿のユリアスさまも素敵だったけど)

どちらも好きだ。だって、どちらもユリアスさまなのだから。

改めて思い、リオンは幸せを嚙みしめる。だが、心の中には少し気になることが残っていた。

（呪い……）

ユリアスもベイリーも呪いが解けたと言ったけれど、実は、その実感がない。何かを成し遂げたのだろうけれど、具体的に何をしたのかがわからないのだ。

あれほど考えたのに、その瞬間は突然現れた。あの時は彼を失うことが怖くて、ただ必死で……。それからどうだったっけ？

「リオン、出発するぞ。」

「はい！」

呪いは解けたんだ。ゆっくり考えればいい――差し伸べられた手を取り、リオンは被毛でざらついた感触を確かめるように、ぎゅっと握った。すると、笑ったユリアスに握り返された。

大きな野獣の手と小さな人の手を重ね、二人は期間限定の愛の巣へと出発した。

森を通っての離宮への道中は、楽しいものだった。

「なんだか、前よりも空気が美味しい気がする！」

リオンが深呼吸をすると、ユリアスは手綱をさばきながら答えた。

「確かに、浄化されたかもしれない。魔獣族は、そこにいるだけで空気を濁らせるからな」

リオンがうなずいていると、馬の前を、うさぎが跳びはねながら横切っていった。これで三度目だ。うさぎの他にもリスや鹿、猪（いのしし）などを森の中のあちらこちらで見かけた。森が賑（にぎ）やかになったと感じる。

「今までひっそりと隠れていた動物たちが戻ってきたらしいな。空気のことといい、呪いの影響力は思ったよりも大きかったのだな」

ユリアスの前に乗っているので顔は見えないが、彼の声には安堵がこもっていて、リオンは胸が熱くなった。

「その、呪いだけど……結局、ぼくは何をしたのかわからないんだ。笑われるかもしれないけど」

「笑わないさ」

だが、ユリアスが笑いを呑み込んだ気配が、背中から伝わってくる。

「笑った！」

リオンが憤慨すると、ユリアスはリオンの肩に手をかけた。そのまま後ろを向かされて、リオンの唇に軽いキスが落ちる。

「少し休憩しよう」

「う、うん」

ごまかされた気がしないでもないが、ユリアスのキスの前では、リオンは無力だ。それに、ユリアスと森で取る食事は素晴らしく美味しかった。アルマが軽食にと、はちみつと林檎(りんご)のパイを持たせてくれたのだ。アルマの心遣いに、リオンはほろりとしてしまう。

「お城に来てすぐの時、アルマが作ってくれたんだ」

リオンは涙の理由を説明した。はちみつと林檎のパイは、五歳の誕生日に母が作ってくれたものでもあった。だから、リオンにとっては様々な思い出が込められた特別なお菓子だったのだ。

「人の国へ、両親のもとへ戻りたいか？」

ユリアスは静かに訊ねた。

「そうだね、みんなが元気でいてくれるなら会いたいって思うよ。そして、ぼくは元気で幸せだって伝えたい。でも、ぼくはずっとユリアスさまの側にいるんだから、人の国へは戻らない……ぼくは、ユリアスさまを愛してるから」

きっぱりと言葉にして、リオンはユリアスの顔を両手で引き寄せて唇にキスをした。

少しぎこちなくて、拙いキスがユリアスに愛を伝える。顔を離したら急に恥ずかしくなって、リオンは顔を伏せてしまった。

「その愛の言葉とくちづけが、呪いを解いたのだ。おまえが私を助けようとして心をなげうち、唇から息を吹き込んでくれた……だから、私は二つの意味で生き返ることができた」

「そんな、ぼくはただ必死で」

上げた顔を今度はユリアスに捉えられる。毛の生えた両手で、爪を立てないように。

「その気持ちが呪いを解いてくれたのだ。だが、枷(かせ)はもうひとつあった……愛している。リオン」

もうひとつ?

だが、リオンは続きを訊ねることはできなかった。ユリアスに唇を重ねられたのだ。話の途中だったのに……だが、リオンは身を任せ、キスのもたらす幸福感を堪能(たんのう)する。

(あ……いつもと、ちがう……)

ユリアスは長く肉厚な舌で、リオンの唇を割り、口内に侵入してきた。リオンは精いっぱい唇を開いてユリアスの舌を受け入れるが、上顎(うわあご)まで侵入されて尚余りある質感についていくことができない。

「ん……っ」

口内をまさぐられ、リオンの背中が粟立つ。この感覚は知っている。リオンは胸にあふれくるものを喘ぎで逃した。

ふわふわと幸せなキスとは違う、もっと深くてもっと熱い……身体の中を炙られるような。

「あ、ん……っ、は――」

やがてユリアスはリオンを解放し、真正面から見つめてきた。そして、額と額をコツンと合わせる。リオンは下を向いたまま、甘い吐息をついた。

「今のキス、なに……それに、もうひとつ枷があるって……」

ユリアスはふっと微笑んだ。

「続きは、離宮でな――」

呪いはいかにして解かれたのか。

愛の言葉、くちづけ、そしてもうひとつあるとユリアスは言う。

愛の言葉とくちづけは、何も考えられないさなかだったが、確かに自分からした。

では、もうひとつは知らない間に成し遂げたのか？

魔獣族の王は、「絶対に解くことができないように」人のオメガが野獣族を愛するという枷を何重にも課したのだという。それは奇跡にも等しいことだと。

「だが、リオンは奇跡を起こしてくれた」

深いくちづけのあと、馬上でユリアスはそう言ったが、リオンは一抹の淋しさを覚えた。

――人は、どうして野獣族を嫌うんだろう。

ユリアスだけではない。アルマやイルザをはじめ、城の皆は優しくて、勤勉で、真摯に王を崇めている。外見は猛々しいけれど、爪で他の生きものを襲ったり、悪事を働いたりしない。魔獣族とはまったく違うのだ。

（いつか、家へ帰ることがあったら、ユリアスさまの言ってた未来を実現するためにも、みんなに野獣族のことを伝えて誤解を解きたい）

そう思ったら、いても立ってもいられなくなった。

それは、人のぼくだからこそできることなんだ。ううん、やらなくちゃいけないことなんだ。

天啓が下りたかのように、リオンは総毛立つ。

そして、家のみんなにユリアスさまのことを好きになってもらいたい。だって、ぼくの大切な、愛する人なんだもの。

「さっきから黙りこくってどうしたんだ？」

リオンが静かになったので、ユリアスは心配そうに訊ねた。リオンは首を傾けて、ユリアスに笑ってみせる。

「とっても素晴らしいことを考えてたんだ。でも、あとでゆっくりね」

そんなことを話しているうちに、離宮に到着した、

約ひと月ぶりの離宮は、リオンを温かく迎えてくれた。リオンもまた、居心地よさを思い切り味わうように、大きく深呼吸をした。

「ただいま！」

思わずそんな言葉が出てしまう。

だが、ユリアスはくつろぐ間など与えてくれなかった。背中から抱きしめられ、顎を掬われて唇が被さってくる。

「すまない、リオン……」

ユリアスは詫びながらも、リオンの衣服を解いて素肌に手を滑らせてくる。

前とは違う、毛の生えた手だ。手のひらの毛は、刺激となってリオンの肌を挑発する。

その初めての感触に、もの欲しげに身を捩らせてしまう。脇腹(わきばら)と乳首を同時に撫でられた時はたまらなくて、リオンは喉を仰(の)け反(ぞ)らせた。

「ここはおまえと愛し合った名残に満ちすぎていて、私は平静でいられない。今、今だけ許してくれ」

「ユリアスさま、そんなに触ったら……ぼくも我慢できなくなっちゃうよ……あ、ふ……、んっ」

今だけってどういうこと？　気になったけれど、火をつけられたリオンの身体は一気に燃え上がろうとしている。

「だって、もうすぐ発情期だから……また、変に……ん、ん――っ、そこ……」

「……ここが好きか？」

「好き……あ、ぜんぶ好き……」

さっきまで平気だったのに、どうしてこんなに簡単に……？

まだ理性が残っていて、リオンは恥ずかしさを覚える。だが、ユリアスに触れられるたびに、理性はどんどん押しやられていくのだ。

「薬を飲んでいたのではなかったか？」

「あまり、効かないんだ……薬、よりもぼくがユリアスさまを好きな、気持ちの方が……あっ、つ、強いんだ、きっと……っ」

ユリアスは困ったように微笑むが、リオンをまさぐる手は止まらなかった。

「そんな可愛いことを言ったら、本当にやめられなくなるではないか……」

「やめなくて……いいっ」

リオンは涙を浮かべて抗議した。行為をやめるなどと言われたことが哀しかった。身体はもう、ユリアスを求めて暴走を始めているのに。

「どうしてそんなこと、言うの……」

「おまえの身体が心配だったんだよ」

まさぐる手を止めたユリアスは、リオンを軽々と抱き上げて膝に座らせた。

「私は馬鹿な男だ。おまえを大切にしたいと言いながら、こんなにもおまえに溺れている」

「溺れても、いいのに……」

愛撫（あいぶ）が止（や）んで、身体がそのことを怒っているようだ。ユリアスの腕の中で、リオンは身体を捩らせた。

「この姿の私と交わるのは、人の姿の時とはわけが違う。しかも、薬が効いていないとなれば、私はおまえの匂いでタガが外れてしまう」

「だから、外れてもいいのに……。ぼくだってきっと我を忘れてしまうから。それに、ユリアスさまが野獣の姿でも、ぼくは何も怖くない」

話していたら、涙が込み上げてきた。

「どうして……そんなことを言うの？　何を怖がっているの？」

「よく聞いて、リオン」

わかった、と言いたげにひとつ息をつき、ユリアスはうなずいた。

「どのように伝えようかと迷って、結局おまえを泣かせてしまった。すべて私のせいだ。だが、私も信じられなかったのだ……喜びが大きすぎて」

「何を言ってるのか、わからないよ」

リオンは完全に拗ねていた。だが、その拗ね顔がユリアスにどのような作用をもたらすか、知る由もない。

ユリアスはリオンの下腹部に触れた。そして、今度はリオンの手を取って自分の手を重ね、同じように触れさせる。

「ここに、おまえと私の子が宿っている」

琥珀色の目を細め、幸せそうにユリアスは微笑む。リオンはきょとんとしてその顔を見上げた。

「宿ってから間がなくて、実感はないだろうが」

「……もう一回言って」

驚きすぎたリオンの目は、これ以上ないくらいに大きく見開かれている。ユリアスは、その目元にそっと唇を触れた。

「おまえと私の子がここにいる」

「うそ、そんな、いつ……」

言葉も迷子になっていて、それ以上を訊ねることができない。心の中は言葉にできない驚きであふれ、はち切れそうになっていた。

「呪いを解く三つめの枷は、おまえが私の子を成すことだった。見ての通り、呪いは完全に解けている。だからきっと、私がおまえのなかに放った時に――」

「あの時？　ここで、あの、ぼくが、あの……大好き、って言った時、ユリアスさまがぼくのなかで……あの、あの」

「リオン、落ち着いて。そうだ、あの時に三つめの枷が最初に外れたんだ。だから、右腕だけが元に戻ったのだろうな」

「……」

リオンが黙ってしまったので、ユリアスは不安そうに顔を覗き込んだ。

「もしかして、嫌なのか？　私の子を孕んだことが」

「違うよ！」

リオンは即答で否定した。

「嫌だなんて、そんなことあるわけないよ。ただ、信じられないんだ……男のぼくにそんなことが本当に起こるなんて」

「本当だ」

ユリアスはリオンの唇を啄んだ。ちゅっと音を立てて吸われ、リオンはくらりと目眩を覚える。

（野獣の姿になっても、ユリアスさまの唇、前と同じで柔らかい……）

リオンはユリアスの首に腕を回した。太くて、硬い毛が生えている。だが、その感触がもう大好きになっている。

「私がこの姿でいることが、何よりの証だ」

「うん……」

胸に大きな塊が込み上げてくる。息をするのも苦しいほどに胸を押し上げられて、ユリアスに縋らなければ、どうにかなってしまいそうだった。

この塊がきっと、幸せなのかな――。

「驚きすぎてしまって、こんなふうにしか言えないんだけど、でもね、すごく嬉しいんだよ？　わかりにくいかもしれないけど、幸せでどうにかなってしまいそうなんだ……」

「きっと少しずつわかってくる。二人で大切に育んでいこう」

だから……と、ユリアスはそっとリオンの腕を外す。そして、自分が乱れさせた衣服を直そうとした。だが、リオンは首を激しく振った。

「それはいや……ぼくは大丈夫だから離れないで」

「リオン、私は、優しくできる自信がないんだよ」

「ユリアスさまがぼくに優しくしないはずはないから。それに……」

リオンはためらいがちに、ユリアスの股間を探った。リオンの指が触れると、そこはびくんと血流が漲るのを伝えてきた。

「さっきからずっとぼくの脚に触ってた。ユリアスさま、もうこんなになってるのに」

「悪い子だな、リオンは……いつからそんな誘い方を覚えたんだ？　私はおまえをそんなふうに育てた覚えはないよ……」

叱っている台詞なのに、ユリアスはとろけそうな目をしていた。お返しだ、とユリアスはリオンの股間を撫で上げる。先ほどの愛撫で中途半端に置き去りにされていたそこは、待ちかねたように脈打って悦びを伝えてくる。

「焦らさないで……」

リオンは涙目だった。

「お願い、ぼくを抱いて」

再び、リオンはユリアスの首に腕を絡める。花の匂いが湧き上がり、ユリアスは酒に酔うように、リオンに陥落した。

(あ……ユリアスさまの匂い……溺れそう……)

寝室のベッドの上で、リオンは身体中にユリアスのくちづけを受けていた。

リオンの花の香に煽られるように、ユリアスの匂いは人だった時よりも、さらに濃密になっていた。その匂いに包まれ、全身をあずけている。唇は余すところなくリオンの身体を這い、育っていた屹立を含まれた時には、リオンはまさにユリアスの匂いと熱量に溺れていた。

「あ……やぁ、んぅ――」

リオンの片脚は、ユリアスの肩に担ぎ上げられていた。膝裏を持ち上げられるとユリアスが咥える角度が深くなる。もっと、もっと――リオンは貪欲にねだった。

「これ、じゃま……脱がせて……」

担がれていない方の脚に、剝かれた衣服が引っかかったままになっていた。屹立を含んだまま、ユリアスは布きれと化した衣服を床に放り投げる。リオンは自由になった片脚を、ユリアスの空いていた肩に乗せた。

「気持ち、い……」

咥えられる角度が深くなったかと思うと、リオンは目の前が急に真っ白になった。ユリアスが無言で、激しい水音をさせながら上下し始めたのだ。煽られ、リオンは一気に昇り詰めた。

「あ、ああっ！」

放出する瞬間に腰を引き寄せられ、さらに深く咥え込まれる。

「もう無理、無理だよ……っ」

放出が終わっても、ユリアスは離してくれない。リオンの茎は、囚われたまま、再び芯を持ち始めた。

　ユリアスが野獣となって初めての交わり。彼は以前よりも一つひとつの所作が雄っぽくなったように思う。だが、そんな姿にも、リオンはぞくぞくと感じてしまうのだ。

「ユリアスさま……ぼく、やっぱり発情してる……薬、効かなかったみたい……だって、すごく……何もかもが気持ちいいんだ……」

　甘えるようにそう言うと、ユリアスはやっと屹立を解放し、顔を上げた。

　たてがみに続く顔の毛に白いものが付着していて、それが自分のものだと思うと、リオンの身体の奥がきゅうっと締まった。尻のあわいにも滴るものがある。すべて、あの時と同じだ。

「思う存分、感じればいい」

　ユリアスの表情は、リオンを甘やかす以外の何物でもない。だが、それだけでは足らなくて、リオンは自分から裸身をユリアスに密着させて、腹筋が割れた腹に屹立を擦りつけた。

「リオン……」

　ユリアスは困り顔で名を呼ぶ。

「そんなことをしたら、私は本当に自分を止められなくなる。もし、おまえと腹の子に何かあったら……」

「大丈夫だって言った……」

リオンは懇願した。口で愛されるのはすごく好きだ。夢みたいに気持ちいい。だが、オメガの本能が、まだ足らない、そこが足らないとリオンを責め立てていた。

「欲しくてどうにかなりそうなんだ……ぼくたちが愛し合うのを、赤ちゃんはきっと喜んでる。身体の奥でそう言ってるのがわかるんだ。だからこの子ごと、ぼくを抱いて。それとも、ユリアスさまはぼくを欲しくないの？」

「欲しくないわけ、ないだろう」

ユリアスは、ぎりっと音がするほどに奥歯を嚙みしめた。そして、彼を引き留めるものすべてをなぎ倒す勢いで、リオンをシーツの上に押し倒した。

「私がどれだけ耐えていたか、見せられるものなら見せてやりたい！」

ぎらぎらと燃える目、彼らしからぬ口調、荒っぽい所作、そのすべてにリオンは堕ちる。

彼の咆哮を聞いただけで、屹立がぶるっと震えた。

「そのまま後ろを向いて腰を上げろ」

「ごめんなさい、ユリアスさま……怒らないで……」

快感に打ち震えながら、リオンはユリアスの前にひくつく入り口を晒す。

「怒っているのは自分にだ」

ユリアスは野獣に戻っても尚、穏やかだった。だが、今の彼はまるで別人だ。いや、同じユリアスだ。ただ、リオンが知らなかっただけだった。

「おまえにそこまで言わせた自分に腹が立つのだ！」

言い放ったユリアスは、リオンの襞にしゃぶりついた。すでに濡れていたそこを吸り、舐め、舌を蠢かせてくる。

「あっ、ッ——ユリアス、さま……っ」

崩れそうな身体を肘で支え、リオンはむせび泣く。

「忌々しい、この爪……！　おまえを指で愛せぬ……」

「そんなふうに、言わ、ないで……」

リオンは大きく首を振る。その拍子に跳ねた髪が頰を打った。

爪一本でも、大事なユリアスさまのもの……そんなふうに言わないで。

心ではそう思うのに、言葉にならない。出てくるのはただ、言葉未満の喘ぎばかり。

「はぁ……っ、ん——」

ユリアスの舌が入り込んできて、ひときわ高く、甘く啼いた時だ。

「いた……っ！」

突然、背中に痛みが走った。最初はビリッと痺れを伴うような、やがてじんじんと熱をもって痛みだす。

「どうした？」

自分が傷をつけたのだと思ったのだろう、ユリアスが驚いてリオンの身体を抱き起こした。

「背中が痛い……」

リオンはユリアスの胸に顔を埋めた。見れば、黒かった背中の紋様が腫れ上がったように赤く変化して、熱を発している。

「これは……」

ユリアスは驚きの声を発する。

「なに？　どうしたの……？」

リオンは苦痛に顔を歪めている。その頬を、ユリアスは癒やすように優しく撫でた。

「これは私の予感だが、私がおまえを楽にしてやれると思う。そのためには――」

ユリアスは、頬に置いた手をリオンのうなじへと滑らせた。

「私がおまえのここを噛むのだ」

「どうしてこんなところを？　それに、なぜ噛むの？」

リオンは目を丸くして問う。ユリアスの言ったことは、随分突飛に思えた。

「今夜、私はおまえにその許しを乞おうと思っていたところだ。リオン、番というのは、アルファとオメガが結ぶ、絆のことだ。番となることで、アルファとオメガは離れることなく、さらに強く結びつく。その約束の形として、アルファがオメガのうなじを噛むのだ。そうすれば、この紋様を鎮められるのではないかと思う。私の獣の感がそう告げている」

そしてユリアスは、初めてこの紋様を見た時のことをリオンに語って聞かせた。

――これは、オメガの印なのではないかと思ったことを。

「なぜなら、この紋様は私を惹きつけて離さなかったからだ」

「そういえば、お父さんやお母さんは、ぼくの背中を見てから様子がおかしくなったんだ。ぼくを連れていった人たちにも背中を見られて……そうだったんだ。これはぼくがオメガだという印だったんだね」

まだ痛みに顔をしかめながら、リオンは感慨深げに答える。

「でも、不思議……ずっとぼくの背中にあったのに、知らなかったなんて」

「何も話せていなくてすまなかった」

「もう、それはいいんだ。どうしてユリアスさまが言わなかったのか、ちゃんとわかるから」

だが、とユリアスは瞳を翳らせた。

「私と番になってしまったら、おまえはもう、本当に人の国に戻れなくな……」

ユリアスの言葉を遮ったのは、リオンの唇だった。ふわりと羽が触れるようなキス。だが、それはユリアスを留めるに十分だった。

「戻るよ、ぼくは」

顔を離し、今度はリオンがユリアスの頬を包み込む。

「番になったユリアスさまと、この子と一緒に、ぼくの家族に会いにいく」

「リオン……」

「ユリアスさまも、人の国と交易をするんだって言ってたよね。ユリアスさまがそうやって前へ進むのと同じように、ぼくはユリアスさまのことをぼくの家族に知ってもらいたい、この人がぼくの大切な人なんだよ、ぼくは今幸せだよって言いたいんだ」

リオンはユリアスに背を向け、首筋にかかる髪を掬い上げた。

「だから噛んで。ぼくをユリアスさまの番にして」

顕わになったリオンのうなじに、雫が落ちる。温かなそれは、二粒、三粒と落ちて、背中の紋様を濡らした。

「リオン、側にいてくれ。どうか私をおまえの番に」

ユリアスの声は、リオンのうなじに染み込んでいった。甘やかな痛み——目を閉じ、リオンはその痛みを堪能する。

「紋様が……」

ユリアスの目の前、それはふわりと立ち上り、やがて空気に溶けるように消えていった。

「どうしたの？」

首を傾けたリオンの唇を、ユリアスはそっと塞いだ。

「紋様は消えた。その代わりにおまえのうなじに番の証が刻まれたのだ」

「番になれたの？　ぼくたち——」

「ああ」

「嬉しい！」

抱きしめ合い、二人は唇をかわす。完全に互いのものになったことを確かめ合うように、何度も、何度も。

狂おしいほどの欲情の波は退いていた。そのことを不思議がるリオンに、ユリアスは慈しむような笑顔をみせる。

「番を得たオメガには、もう発情期は訪れないそうだ。だが、私はきっとおまえに一生溺れる……リオン、おまえのなかに入ってもいいか？」

優しくするから、と言った頭を、リオンは抱え込むようにして抱きしめる。金のたてがみは心地よくて、ずっと顔を埋めていたいと思ってしまう。

「ぼくも今、来てって言おうと思ってた」

そうしてリオンはユリアスに背を向けた。白い背から続くうなじに、まだ新しい噛みあとが映えている。

「もう一度噛んでほしいんだ。この痕が絶対消えないように」

リオンの腰を持ち上げ、ユリアスはその入り口にくちづけた。そして自らをあてがい、ゆっくりと挿入する。欲情が止んでも、リオンのそこは潤んでユリアスを待っていた。

「ああ……」

身体のなかを、ゆっくりとユリアスが進んでくる。以前よりも太くて大きなものがリオンのなかを押し広げる。激しい律動はなくても、ユリアスのかたちに開いていく自分を実感するだけで、目も眩むような快感と幸福がリオンを包んだ。

ユリアスの歯が再びうなじに当てられる。その瞬間、リオンの身体は打ち震え、一気に熱を取り戻した屹立から白い液を吐いた。

リオンのなかでユリアスが達したのは、そのすぐあとのことだった。

エピローグ

リオンの隣で、すうすうと温かな寝息が紡がれる。

その様子をずっと見つめているのに、時々、本当に息をしているのか不安になって、絹の産着に包まれた小さな小さな胸に耳を寄せて確認してしまう。そして、そのたびに幸せで胸がいっぱいになる——。

昨夜(ゆうべ)、リオンは愛する番である、ユリアスとの子どもを産んだ。ユリアスと同じ、獅子獣人のアルファの男の子だ。

「リュドちゃん」

そっと名前を呼んでみる。ユリアスの敬愛する父『リュドミル』の名をもらい、普段はリュドと呼ぼうと、ユリアスと決めた。その愛称がとても気に入って、リオンは何度も呼びかけている。

(こんなに愛しく思えるなんて)

正直、リオンは驚いている。もちろん、赤ちゃんを産むことは嬉しかったし、心待ちでもあった。だが、その反面、男の自分がちゃんと産めるんだろうかと心配で、それ以前に、ぼくは本当に子を宿しているのだろうかと半信半疑のまま、産み月を迎えたのだ。

だが、生まれたリュドをひと目見て、そんな諸々は吹き飛んだ。それはやはり……。

（だって、ユリアスさまにそっくりなんだもの）

外見の違う自分たちの子がどのような様子で生まれてくるか、想像もつかなかった。アルファとオメガが結ばれたのは王家でも初めてということで前例がなく、誰にもわからなかったのである。

ただ、ユリアスはずっと、『リオンに似た子がいい』と言って譲らなかったのだが。


『ぼくはユリアスさまによく似た子がいいな』

『何を言う。もうひとりリオンがいたらどんなに美しいか、考えてみればいい』

『その言葉、そっくり返すよ。もうひとりユリアスさまがいたら、どんなに素敵で格好いいか、考えてみてよ』

そのやり取りを聞いていたベイリーは、『これ以上聞いていられません。お好きになさ

ってください』と言って、部屋を出ていってしまったのだが、

『でも、お城のみんなは、ユリアスさまにそっくりな方が嬉しいんじゃないかな……』

それは、ひそかにリオンの心配するところでもあった。きっと、野獣族の姿でアルファの方が……。

ところが、ユリアスはリオンの心配をはっきりと否定した。

『我々の呪いを解いたのは、おまえではなかったか？　オメガはずっと、野獣族の希望だったのだぞ』

その言葉が嬉しくて、リオンはユリアスの胸で泣いてしまった。しかも、彼は続けてこう言ったのだ。

『それに、子を宿す機会は一度ではない。おまえが赤ん坊に夢中になって、私を相手にしなくなれば別だが……』

ユリアスは拗ねて、というか心配そうな顔だった。……えっ、嘘だよね、ユリアスさまがそんな顔するなんて！

『確かにユリアスさまにそっくりな子だったら、ぼくは赤ちゃんに夢中になってしまうかもしれないけど、でも、ユリアスさまはユリアスさまだよ。相手にしないなんて、そんなことあるわけないよ！』

『……では、ちゃんとこうやって相手をしてくれるのだな？』

ユリアスは妖しい艶を目にたたえ、リオンの唇を奪う。長い舌が、ぬるっと唇を割って入り込んでくる。

『ん……はげしいのは、だめだよ……』

『努力する』

その通り、ユリアスは加減していた。だが、舌を絡め取られたり吸われたりすると、リオンは自分から、もっとと求めてしまう。産み月が近くなって交わることは控えているが、くちづけが深くなると欲しくなってしまうのだ。

『だめって、言った……我慢、できなく、なるから……』

『私もだ……』

そうして、互いに名残惜しく唇を離す。それ以上に昂ぶってしまった時は、手や口を使って愛し合うこともあるけれど。

『ユリアスさまこそ赤ちゃんに夢中になって、ぼくを放っておいたりして』

さっきのお返しにそう言うと、

『そんなことがあるわけないだろう。……だが、小さなリオンはぜひ見たい……きっと、この世の何よりも愛らしいだろう』

ユリアスはそう言って、目を細めたのだった。


　だが、リオンはやっぱりユリアスに似た子を産みたかった。

　そうして、今、小さなリュドがここにいる。嬉しかったし、幸せでいっぱいだ。だが、その傍らで再確認したことがあった。

（ユリアスさまは、やっぱりユリアスさまだよ。誰にも代えられない。そして、リュドも。別々で愛しくて、別々で大切なんだ）

「ユリアスさま、お仕事終わったら来てくれるからね……もうちょっと待っててね」

　ちょうど、ぱっちりと目を開けたリュドの目元にキスをする。ユリアスと同じ、琥珀色の目だ。

　リオンに似た子がいいと言っていたユリアスが、自分にそっくりな子を見てなんと言ったか。

　その瞬間を、リオンは一生忘れないと思う。

『無事でよかった！　二人とも……！』

男性オメガの子宮は女性に比べて未熟だ。ユリアスはそのことをとても心配していたのだと、あとから聞いた。不安がらせてはいけないと思ったのだろう。リオンには、一切そういうことは言わなかったけれど。

そして自分にそっくりな息子に、彼はひと目で夢中になった。どちらの姿でも関係ない、こうして生まれてきてくれた。そのことが嬉しいのだと言って。

（次の赤ちゃんは、ぼくに似た子がいいな……）

産んだばかりなのに、もうそんなことを思う自分に驚いたり、赤くなったり。

「幸せだな」

ユリアスさまが来てくれたら、ぼくからキスしよう。

そしてまた、リオンは頬を赤く染めるのだった。

END

ただいま

「おとーたま」

小さな手が、くいくいとユリアスのたてがみを引っ張る。

馬車に揺られてうたた寝をしていたユリアスはうっすらと目を開け、膝の上にいた小さな獅子の子は、嬉しそうに笑ってユリアスの顔をぺたぺたと触った。

「リュド、お父さまを起こしたらダメだよ。お疲れなんだから」

リオンがめっ、と叱ると、リュドと呼ばれた獅子の子は、白く生えそろった歯を見せて、さらに嬉しそうに笑った。

父の獅子獣人の姿とアルファの性を受け継ぎ、二歳になったばかりのリュドは、ベイリーに言わせるとユリアスの小さな頃そのものなのだそうだ。

「いや大丈夫だ。おいで、リュド」

ユリアスは息子を抱き上げて、愛しげに頬ずりをする。

きゃはっと笑うリュドが可愛くて仕方ないという感じのユリアスは、三年前よりもさらに精悍さを増し、より、王者らしい威厳が備わっている。その一方で、表情から陰りが薄れ、代わりに温かみが増した。それは彼が今、いかに幸せであるかを物語っている。

じゃれ合うような二人を見守るリオンは、亜麻色の髪が伸び、さらに美しさが増した。表情豊かな黒い目は子どもの頃と同じようにきらきらしていて、清楚な中に潜む茶目っ気は、見る者を惹きつけずにおかない。

「ユリアスさま、昨日も遅くまでお仕事してたんだもの。身体を壊さないか心配だよ」

リオンが少し眉間を険しくすると、リュドがすぐに真似をして、可愛い眉間をきゅっと寄せる。その様子にユリアスは声を上げて笑い、リオンは「リュドってば！」と頬を赤くした。

「リオンこそ、リュドにつき合って毎日大変だろう？」

「ほんとに、毎日毎日やんちゃになっていくんだから。身体がもうひとつ欲しいくらいだよ」

リオンが笑うと、ユリアスは申し訳なさそうに表情を曇らせた。

「私が、もっと相手ができればいいのだが」

「ううん、ユリアスさまは今、とても大事なお仕事の最中なんだから。ぼくのことなら大丈夫。毎日リュドといられて、こんなに幸せなことはないよ」

リオンが言うように、ユリアスはかつて父が目指した、人の国との交易に乗り出していた。

最初は、野獣嫌いの人々の前に無念の涙を呑んでばかりだった。だがユリアスはたゆまずに挑み続け、森の国との交易が、いかに人の国に利益や豊かさをもたらすかを真摯に示した。

そうして流れが変わったきっかけは、人の国を襲った大嵐だった。

ユリアスは自ら指揮を執り、食料を届け、多くの野獣族を送って人の国の復興を助けた。献身的なその姿に、人の国の長はユリアスにこう訊ねた。

『我ら人は、あなた方野獣族を嫌い、長い年月を無視し続けた。それなのに、なぜここまで我らに良くしてくれるのか？』

『私の番は人の子です。だから、人の国は私にとっても故郷同然なのです』

それから、少しずつではあるが人の国との行き来が歩みを進めている。だが、多くの人々は、まだ野獣族を嫌っているのが現実だった。

そんな中、リオンは故郷の村を訪ねることを決めた。

ユリアスとリュドを伴って家族に会いにいくことは、ユリアスと番になった頃からのリオンの願いだった。そして、ユリアスが道を切り拓いた今、自分も一歩を踏み出す時だと思ったのだ。

「リュドが挨拶できるようになったら、って思ってたんだ。お父さんやお母さんに、リュドがこんにちはって言うところ……どれだけ想像したかわからないくらい」

目を輝かせるリオンを、ユリアスは愛しげに見やる。

「もちろん、最初は会ってもらえないかもしれない。でも、お父さんやお母さんなら、きっとわかってくれる……それに、ぼくはユリアスさまとリュドを自慢したくてたまらないんだ」

リオンは明るく笑った。そして今、幸せな家族を乗せた馬車は、リオンの故郷、クラフの村へと向かっている。

クラフの村は人の国の都から遠く離れ、森の国と接している。

かつてリオンが父と通りがかった森の入り口は南にあり、捨てられた入り口は北に位置している。一行は、リオンの生家に近い、南から村を目指していた。

森は、完全に魔獣族の呪縛から解き放たれ、生き残った野獣族が力を合わせて再生に取り組んだために、緑にあふれた以前の姿を取り戻している。幼いリオンが彷徨った頃とは、かなり違っていた。

「よかった。森が元気になって」

馬車の窓から、リオンは森を眺める。

「本当に、あの頃が嘘のようだな。それに、こうしてリオンの故郷に向かっていることも、以前からすれば夢のようだ。全てはリオンが呪いを解いてくれたおかげだな」

ユリアスの膝の上では、その象徴として生まれたリュドがすやすやと眠っている。ユリアスは自分と同じ、金の頭をそっと撫でている。

そんな、なんでもない光景が光り輝いていて、リオンは幸せで胸がはちきれそうになる。これまで様々なことがあった。だが、すべての出来事は、この瞬間につながっていたんだと思えた。

愛する番と、可愛い子どもと、命を吹き返した森。そして、さらなる幸福への扉を開けるために、今、馬車を走らせているのだ。

「もうすぐ着くね……緊張してきた」

リオンはユリアスの目を覗き込む。

「だから、落ち着くためのおまじない、してほしい……」

リュドは心地よさそうに眠っている。少し赤くなった頬を撫で、ユリアスはリオンに優しくくちづけた。

馬車を降り、リオンたち三人は、ゆるやかな丘陵を下っていった。ここを下りたところにリオンが生まれ、五歳までを過ごした家がある。

「不思議だね、もう十五年以上も帰ってないのに、ちゃんと道を覚えてるんだ」

リオンの視線の先には、小さな板造りの家があった。古くなってところどころがくすんでいるけれど間違いない。家の側に置いてある、リオンがよく父に乗せてもらった荷馬車までそのままだった。

「ユリアスさま、あそこだよ、ぼくの生まれた家――」

指差すリオンの声は震えていた。感極まったリオンの肩を抱き、ユリアスは「ああ」とだけ、短く答えた。

「あっ！」

リオンは小さく叫ぶ。家から女の人が出てきたのだ。リオンと同じ亜麻色の髪をしたあの人は――。

「お母さん……！」

リオンは駆け出し、リュドを抱いたユリアスはそのあとに続く。リオンを見た女の人は、一瞬凍りつくように固まって、絞り出すような声で名を呼んだ。

「リオン……？」

「ただいま！　ぼくだよ、お母さん、リオンだよ！」

リオンに抱きしめられたカタリナは、リオンの後ろに立つユリアスを見て目を見開き、そして、ちょこちょこと歩いてきた獅子の子どもを見た。

「おかーたま」

リオンはリュドを抱き上げ、カタリナに顔を見せる。

「ぼくの子どもだよ。リュドミルっていうんだ。ぼくには似てないけど、父親にそっくりなんだよ。リュド、おばあちゃんにご挨拶は？」

「……こにちちは」

母の他に、野獣族以外の者を初めて見たリュドは人見知りをして、可愛い挨拶のあと、リオンの胸に顔を埋めてしまった。リオンはその頭をぽんぽんと叩き、「上手に言えたね」と笑う。その傍らで、カタリナの表情はまだ信じられないというように強張ったままだった。

「そして、彼はユリアス」

リオンはゆっくりとその名を告げた。

「ぼくの愛する番だよ。野獣族の王で、森で彷徨ってたぼくを見つけて、ずっと育ててくれたんだ」

「番……」

呟いたカタリナの前に、ユリアスはゆっくりと進み出た。そしてマントを翻して恭しく膝をつく。

「初めてお目にかかります。ユリアス・ホーンバルトと申します」

ユリアスは、野獣族の王としての威厳と気品に満ちていた。

ぼくの番はなんて立派なんだろうと、リオンは眩しいものを見るように目を細める。彼の姿が誇らしくてならなかった。

「あなたが、リオンを助けてくださったの……？」

「はい」

「あ、ありがと、う……リオンを、助けてくださって……」

戸惑いながらも、カタリナが口にした礼に、ユリアスは静かに微笑む。

「いいえ、本当の意味でリオンに助けられたのは私なのです」

——いやだな。目に焼きつけておきたいのに、涙で滲んでよく見えないよ。

向かい合う母と番の姿が涙の向こうでぼやける。リュドは不思議そうに、「おかーたま?」とリオンの顔を覗き込んだ。

「リュド、ぼくの代わりによく見ておいて」

リオンは、腕の中のリュドをぎゅっと抱きしめた。

END

あとがき

　初めまして、またはこんにちは。墨谷佐和です。本書をお読みいただき、ありがとうございます。ラルーナ文庫さま二冊目の文庫はオメガバース再び。ずっと書きたいと思っていたことが一冊の本になりました。

　カエルの王子様はカエルのままではダメだったのか。どうして人の姿がハッピーエンドなのか。美○と野○しかり……子どもの頃からそんなことを思っていました。（いや、カエルは苦手ですが！）人じゃない姿を愛するヒロインは童話の中にはいないのか？　ＢＬの受は人外の者と結ばれているよ？　ＢＬ小説を書くようになってからも考えていたのですが（しつこい）じゃあいっそ、人の姿に変えられる呪いがあってもいいのでは？　という発想からこの物語は生まれました。それならやっぱり、呪いは受が解かなくちゃね。そんなふうに考えると、設定はドラマティックにロマンティックに膨らんでいきました。

　で、オメガバースです！　オメガバースという枠の中でこそ自由に書けたのではと思います。ドラマティックな設定がちゃんと生かせていればいいのですが。

今回苦労したのは伏線です……両視点なので情報を出したり引いたりが難しく、ユリアスは苦悩しっぱなしだし、リオンは大人にならなきゃだし……。でも、小リオンを愛でるユリアスが書けたのは嬉しかったです。伴侶にと望む者を幼い頃から慈しみ育む……永遠の萌えですよね。イメージは大きく源氏と若紫で（笑）。

そしてそして本作もタカツキノボル先生に描いていただきました！　美しいだけではなく、雄みあふれる野獣王子ユリアス。可憐な宿命のオメガ、リオン。そして蝶の美しいこと……うっとりが止まりません。ちびっこ獅子も可愛い！　可愛いが服を着ています。タカツキ先生、本当にありがとうございました。

担当さま、今回もまた変化球なオメガバースを自由に書かせてくださってありがとうございました。すっかりオメガバース大好きになった墨谷です。

読者さま、少しずつ霧が晴れてきたような昨今ですが、こうして本をお届けでき、手にしていただく日常に感謝が絶えません。どうか次の本でも元気にお会いできますように。

短い秋のハロウィンの頃に

墨谷　佐和

本作品は書き下ろしです。

ラルーナ文庫

この本を読んでのご意見・ご感想・ファンレターなどお待ちしております。〒111-0036 東京都台東区松が谷1-4-6-303 株式会社シーラボ「ラルーナ文庫編集部」気付でお送りください。

アルファ野獣王子と宿命のオメガ

2022年1月7日 第1刷発行

著　　者	墨谷 佐和
装丁・DTP	萩原 七唱
発 行 人	沓 仁警
発 行 所	株式会社 シーラボ 〒111-0036 東京都台東区松が谷 1-4-6-303 電話 03-5830-3474／FAX 03-5830-3574 http://lalunabunko.com
発 売 元	株式会社 三交社（共同出版社・流通責任出版社） 〒110-0016 東京都台東区台東 4-20-9 大仙柴田ビル 2 階 電話 03-5826-4424／FAX 03-5826-4425
印刷・製本	中央精版印刷株式会社

ISBN978-4-8155-3265-9

LaLuna

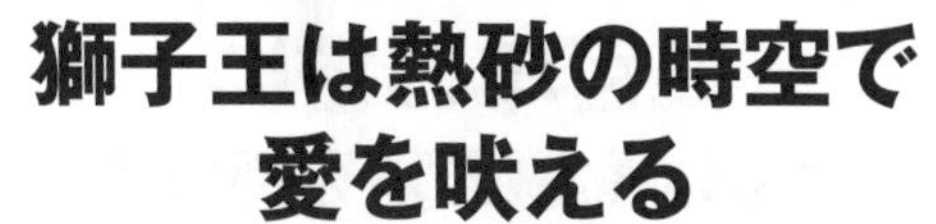

転生した砂漠の王国での獅子王との出会いは、
諦めていた夢へ挑戦する勇気を与えてくれ…。

定価：本体700円＋税

三交社

二百年の誓い
～皇帝は永遠の愛を捧げる～

｜宮本れん｜イラスト：タカツキノボル｜

愛し合いながらも引き裂かれた皇帝と世話係。
二人は二百年の時を経て美術館で巡り会った…。

定価：本体700円＋税

三交社

この本を読んでのご意見・ご感想・ファンレターなどお待ちしております。〒111-0036 東京都台東区松が谷1-4-6-303 株式会社シーラボ「ラルーナ文庫編集部」気付でお送りください。

霧幻の異界の白虎と朱雀

2021年11月7日 第1刷発行

著　　者｜真式マキ
装丁・DTP｜萩原 七唱
発 行 人｜曺 仁警
発 行 所｜株式会社 シーラボ
〒111-0036 東京都台東区松が谷1-4-6-303
電話 03-5830-3474／FAX 03-5830-3574
http://lalunabunko.com
発 売 元｜株式会社 三交社（共同出版社・流通責任出版社）
〒110-0016 東京都台東区台東4-20-9 大仙柴田ビル2階
電話 03-5826-4424／FAX 03-5826-4425
印刷・製本｜中央精版印刷株式会社

 ISBN978-4-8155-3263-5